FVA

Reinhard Kaiser

DER ZAUN AM ENDE DER WELT

Abschließend erweiterte
JahrtausEndausgabe

Frankfurter Verlagsanstalt

1. Auflage 1999

Schutzumschlag- und Einbandgestaltung: Bertsch & Holst
Herstellung: Katja Holst
Satz: Fotosatz Reinhard Amann, Aichstetten
Druck und Bindung: Clausen & Bosse, Leck
Printed in Germany
ISBN 3-627-00068-4

1 2 3 4 5 – 03 02 01 00 99

Inhaltsverzeichnis

Die Schrift an der Wand – Teotwawki

So klar wie an diesem Buch hat sich die oft erhoffte, selten erzielte umwälzende Wirkung von Geschriebenem lange nicht mehr gezeigt. Kaum sechs Monate nach dem ersten Erscheinen von »Der Zaun am Ende der Welt« kippte bereits der deutsch-deutsche Limes – dabei hatte ich ihn in dem Kapitel über das Palisaden-Paradox nur *gestreift*! Ein Nebensatz (S. 41) war Menetekel genug.

Zehn Jahre blieb die eigentliche Ursache für den Fall der Mauer im Herbst 1989 unbemerkt, und zehn Jahre habe ich, was diesen Punkt angeht, Schweigen gewahrt. Nun aber sind die Enden des Jahrzehnts, des Jahrhunderts und des Jahrtausends sowie das Ende der Verschwiegenheit erreicht. Nun soll gesagt sein, wie es wirklich gewesen ist. Wer sich heute zu einem Spaziergang hinter den Zaun locken läßt, wird erkennen: Die deutsche Geschichte des ausgehenden zwanzigsten Jahrhunderts muß im Lichte dieser historischen Wühlarbeit neu geschrieben werden.

Was ist – außer dem Mauerfall – seit dem ersten Erscheinen des Buches noch geschehen?

Erstens. Meine Mutter förderte in ihrem weitläufigen Fotoarchiv jenes Bild des weltendekundigen Herrn Wachtmann (S. 25) zutage, das sie rechtzeitig für die erste Ausgabe partout nicht hatte finden können.

Zweitens. Aus dem Osten drang über die nunmehr offene Grenze eine überraschende Kunde zu mir: Für die in dem letzten Kapitel über die Allerweltsenden (S. 91) zitierte Spruchweisheit »Und treffen wir uns nicht in dieser Welt, so treffen wir uns in Bielefeld« erhebt »Bitterfeld« als Reimwort Prioritätsansprüche. Wahrscheinlich sind diese Ansprüche sogar berechtigt. Trotzdem konnte ich sie im Text nicht berücksichtigen, weil ich bis heute nicht geklärt habe, ob es in Bitterfeld auch einen »Wienerwald« gibt. Schlimmer noch – seit über der Brathähnchenstation Rothschildallee, Ecke Rohrbachstraße in Frankfurt am Main, die ich gelegentlich aufsuche, vor einigen Monaten die Leuchtbuchstaben W-A-L-D hinter WIENER durch die Buchstaben G-R-I-L-L ersetzt wurden, lebe ich in der Sorge, daß es jetzt womöglich auch in Bielefeld keinen echten »Wienerwald« mehr gibt und meinem Buch auf diese Weise nach und nach seine Faktengrundlage abhanden kommt.

Drittens. Vom Ende Englands konnte ich vor zehn Jahren nur an Hand einer Zeitungsmeldung berichten, es sei 1981 für eine Million britische Pfund von einem gewissen Charles Neave-Hill zum Verkauf angeboten worden (S. 72 f.). Was aus diesem Mann geworden ist und wieviel er schließlich für sein Grundstück erlöste, weiß ich nicht. Aber *verkauft* hat er! Zusammen mit Viktoria und unseren Kindern habe ich 1993 einen Vorstoß nach Südengland unternommen, um endlich mit eigenen Augen zu sehen, wie es auf dem letzten Hektar von Cornwall aussieht. Hinter Penzance gelangten wir auf einen riesigen, nicht zuletzt mit Reisebussen dicht besetzten Parkplatz. Von hier führte der Weg zwischen Ticket-Countern, Info-Ständen und Souvenir-Shops in einen Vergnügungspark, wo bereits zahlreiche vergnügungslustige Menschen aus aller Herren Länder zwischen verschiedenen Attraktionen umherwandelten, darunter das multisensorische Erlebnislabyrinth, das Selbstbedienungsrestaurant, die cornische Töpferwerkstatt und die »lebensgroße« Galeone, der Abenteuer-

Erich
rück den
Schlüssel
raus!
Gruß aus
Kassel
RH+P.H

spielplatz für die Sieben- bis Zwölfjährigen. Die Firma, die alles das ersonnen hat und betreibt, hat sich den sinnreichen Namen »Land's End Limited« gegeben.

Viertens. Einige Jahre nach dem ersten Erscheinen dieses Buches wurde eine Maschine erfunden, von der ich während der Arbeit, vor allem beim Ausfindigmachen und Zusammentragen von Zitaten und Belegstellen, gelegentlich geträumt hatte – die *Suchmaschine*. Der Zaun am Ende der Welt besitzt die leidige Eigenschaft, daß man ihn in Lexika, Katalogen, Registern nicht nachschlagen kann. Anders als »Adenauer«, »Eschatologie« oder »Zypern« zählt er nicht zu den seriösen Stichwörtern. Aber seit man den Computer in großen elektronischen Textarchiven, ob auf CD-Silberscheiben oder im Internet, nach Wörtern wie »Ende der Welt«, »zugenagelt«, »brettervernagelt« oder nach Sätzen, in denen sowohl »Zaun« als auch »Ende« vorkommt, suchen lassen kann, sind neue, unverhoffte Funde möglich. Eichendorffs »Irren Spielmann« (S. 111) oder die Stelle aus Heines »Harzreise« (S. 108) hätte ich mit Glück oder Geduld auch auf herkömmliche Weise finden können – es war jedoch die »Volltextsuche« in der Digitalen Bibliothek, die mir diese Stücke zuspielte.

Fünftens. Seit der Öffnung des Internets für jedermann ist die Metaphorik der Meerfahrt, des Ausschweifens in die Ferne des Raumes wieder *en vogue*. Das Diktum des römischen Feldherrn Pompeius, »Navigare necesse est« oder: Seefahrt tut not, das einst auch die Kapitäne der Hanse inspirierte, ist wieder Leitspruch und Lenkwort, seit die Surfer mit dem »Navigator« oder dem »Explorer« auf die Weiten des Datenozeans hinaussteuern und, sofern sie nicht in den Informations- und Bilderfluten untergehen, bis zu den Enden des Cyberspace vorzudringen versuchen, von denen bis heute niemand weiß, wo sie wirklich liegen und ob auch dort ein Zaun errichtet ist.

ON THE EDGE... THE LEGEND LIVES BRITAIN'S MOST FAMOUS ATTRACTION
LAND'S END
ENJOY YOUR DAY
Sun 29/08/93 All Day
THIS TICKET ADMITS ONE PERSON
TO THE SPECIAL FEATURES OF
LAND'S END, INCLUDING THE
LAND TRAIN WHEN AVAILABLE
PLEASE RETAIN THIS TICKET
ADULT £4.95
29.08 12:46 CA4471 0 002384 004742
BRITAIN'S MOST FAMOUS ATTRACTION ON THE EDGE... THE LEGEND LIVES
£2.00 OFF
This ticket entitles the holder
to a discounted Coastal Flight
or Trial Lesson at
Land's End Airport
on St. Just to Land's End road
ON THE EDGE... THE LEGEND LIVES BRITAIN'S MOST FAMOUS ATTRACTION
LAND'S END
ENJOY YOUR DAY
Sun 29/08/93 All Day
THIS TICKET ADMITS ONE PERSON
TO THE SPECIAL FEATURES OF
LAND'S END, INCLUDING THE
LAND TRAIN WHEN AVAILABLE
PLEASE RETAIN THIS TICKET
CHILD FREE
29.08 12:46 CA4472 4 002384 004748
BRITAIN'S MOST FAMOUS ATTRACTION ON THE EDGE... THE LEGEND LIVES

ON THE EDGE... THE LEGEND LIVES BRITAIN'S MOST FAMOUS ATTRACTION
LAND'S END
ENJOY YOUR DAY
Sun 29/08/93 All Day
THIS TICKET ADMITS ONE PERSON
TO THE SPECIAL FEATURES OF
LAND'S END, INCLUDING THE
LAND TRAIN WHEN AVAILABLE
PLEASE RETAIN THIS TICKET
ADULT £4.95
29.08 12:46 CA4471 0 002384 004742
BRITAIN'S MOST FAMOUS ATTRACTION ON THE EDGE... THE LEGEND LIVES
£2.00 OFF
This ticket entitles the holder
to a discounted Coastal Flight
or Trial Lesson at
Land's End Airport
on St. Just to Land's End road
ON THE EDGE... THE LEGEND LIVES BRITAIN'S MOST FAMOUS ATTRACTION
LAND'S END
ENJOY YOUR DAY
Sun 29/08/93 All Day
THIS TICKET ADMITS ONE PERSON
TO THE SPECIAL FEATURES OF
LAND'S END, INCLUDING THE
LAND TRAIN WHEN AVAILABLE
PLEASE RETAIN THIS TICKET
CHILD FREE
29.08 12:46 CA4472 4 002384 004748
BRITAIN'S MOST FAMOUS ATTRACTION ON THE EDGE... THE LEGEND LIVES

Nach meinen bisherigen Erkundungen findet man dort zumindest ein Museum mit Bibliothek und Beirat, vor dessen Haustür sich gelegentlich die Walfische beißen. Seine Adresse lautet:

http://tierradelfuego.ml.org/funcardio/hanisg.htm

Sechstens. Nun wächst allerdings von Tag zu Tag, vor allem in den Vereinigten Staaten von Amerika, die Zahl jener Menschen, die davon überzeugt sind, daß uns kaum noch Zeit bleibt, die Weltenden im virtuellen Raum zu erkunden, weil nämlich die Computer, mit denen wir dies tun könnten, sich anschicken, *der Welt, wie wir sie kennen*, in Kürze ihr zeitliches Ende zu bereiten. Die Schrift an der Wand, das Menetekel über dem Ende dieses Jahrtausends oder vielmehr über dem Beginn des nächsten liest sich: TEOTWAWKI (sprich: *ti-oh-tawa-ki*) – »The End Of The World As We Know It«.

Das Problem besteht, kurz gesagt, darin, daß Programmierer ihre Computerprogramme bis vor einigen Jahren so anlegten, daß für die Jahreszahl in einer Datumsangabe, genau wie für Tag und Monat, zwei Zahlenstellen verfügbar waren. Wenn nun an Silvester 99 die interne Uhr in Rechnern, die mit solcher älteren Software ausgerüstet sind, auf den 1. Januar des Jahres 00 springt, dann ist der Maschine nicht klar, wie sie die Doppelnull deuten soll: als Rücksprung nach 1900, als Vorsprung nach 2000, als ungültiges Datum oder vielleicht sogar als antiquierte Abkürzung für »Abort«?

Was geschehen wird, wenn Computer, Großrechenanlagen, Netzwerke, von deren Funktionieren bekanntlich weite Teile unseres Wirtschafts- und Gesellschaftssystems abhängen, plötzlich mit dem Kalender nicht mehr klarkommen, ist unklar: Kleine Unregelmäßigkeiten, die sich leicht korrigieren und reparieren lassen? Strikte Befehlsverweigerung mit nachfolgendem Crash? Globale Kettenreaktionen in vernetzten

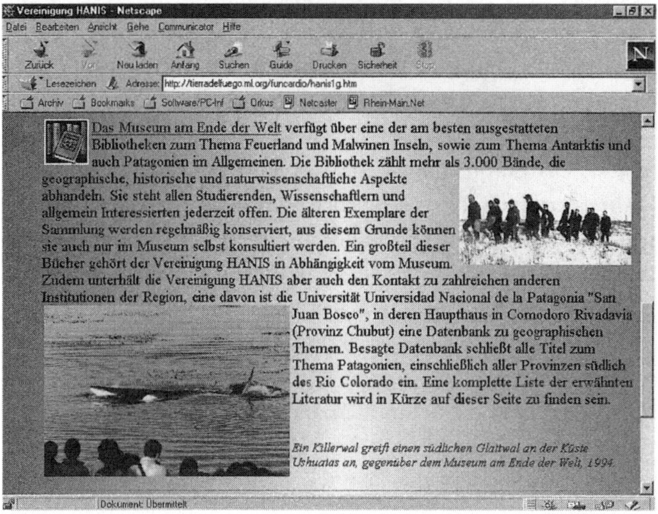

Das Museum am Ende der Welt verfügt über eine der am besten ausgestatteten Bibliotheken zum Thema Feuerland und Malwinen Inseln, sowie zum Thema Antarktis und auch Patagonien im Allgemeinen. Die Bibliothek zählt mehr als 3.000 Bände, die geographische, historische und naturwissenschaftliche Aspekte abhandeln. Sie steht allen Studierenden, Wissenschaftlern und allgemein Interessierten jederzeit offen. Die älteren Exemplare der Sammlung werden regelmäßig konserviert, aus diesem Grunde können sie auch nur im Museum selbst konsultiert werden. Ein großteil dieser Bücher gehört der Vereinigung HANIS in Abhängigkeit vom Museum. Zudem unterhält die Vereinigung HANIS aber auch den Kontakt zu zahlreichen anderen Institutionen der Region, eine davon ist die Universität Universidad Nacional de la Patagonia "San Juan Bosco", in deren Haupthaus in Comodoro Rivadavia (Provinz Chubut) eine Datenbank zu geographischen Themen. Besagte Datenbank schließt alle Titel zum Thema Patagonien, einschließlich aller Provinzen südlich des Rio Colorado ein. Eine komplette Liste der erwähnten Literatur wird in Kürze auf dieser Seite zu finden sein.

Ein Killerwal greift einen südlichen Glattwal an der Küste Ushuaias an, gegenüber dem Museum am Ende der Welt, 1994.

Systemen mit verheerenden Konsequenzen für Versorgung und Verkehr? *The End of the World as we Know It*?

Behörden, Banken, Versicherungen, die mit Informationen arbeiten, deren Aussagekraft auf korrekten Datumsangaben beruht, nehmen das Problem nicht auf die leichte Schulter. Seit sie es erkannt haben, sind sie bestrebt, ihre Programme »Jahr-2000-tauglich« zu machen, das heißt, auf den Umgang mit vierstelligen Jahreszahlen vorzubereiten. In den Details stecken allerdings jede Menge Teufel, und Leute, die nicht glauben mögen, daß ihre Bank alle diese Teufel rechtzeitig auszutreiben imstande ist, könnten auf die Idee verfallen, noch rechtzeitig vor dem 1. Januar 2000 ihr ganzes Geld abzuheben, weil sie befürchten, daß die Bank nach diesem Tag und dem Zusammenbruch ihrer Datenverarbeitung für längere Zeit nicht mehr aufmachen wird. Und wenn viele Bankkunden so denken und ihr Mißtrauen in die Tat umsetzen, dann wird die Bank tatsächlich nicht mehr aufmachen, sondern, mit oder ohne Computerdefekt, zusammenbrechen, weil ihr nämlich das Bargeld ausgeht.

Andere Szenarien beschreiben, wie über dem *millennium-bug*, dem »Jahrtausendfehler«, die Stromversorgung und damit unser kompletter Alltag zusammenbricht, und sie tun dies in so dramatischen Worten, daß inzwischen eine ganze Survival-Branche entstanden ist, die gute Geschäfte macht, indem sie den Leuten, vom benzingetriebenen Stromgenerator bis zum Tarnanzug, Dinge verkauft, die sie brauchen könnten, wenn »die Welt, wie wir sie kennen«, mit dem Anbruch des nächsten Jahrtausends untergeht. Noch lauter als zu Zeiten des Nachrüstungsbeschlusses (S. 76 f.) ertönt im Zeichen des computergestützten Millenarismus der Aufruf zur Flucht vor dem zeitlichen Ende der Welt an das räumliche Ende der Welt. Womit wir auf dieser Flucht zu rechnen haben und was wir dabei bedenken sollten, beschreibt Alexander Kr. Wilhelmsen auf seiner Survival-Seite im Internet.

LENKEN SIE KEINE AUFMERKSAMKEIT AUF SICH

Das ist einer der wichtigsten Aspekte des Überlebens. Sie wollen nicht, daß irgendwer, ob Freund oder Feind, von Ihnen Notiz nimmt, wenn sie sich absetzen und nachdem Sie Ihren Zielort erreicht haben.

Wenn die nicht ausreichend vorbereiteten TEOTWAWKI-Opfer herausfinden, daß Sie über Ressourcen, Nahrungsmittel, Arznei, Wasser usw., verfügen, dann werden sie (nach kurzer Zeit) mit Ihnen »teilen« wollen. Sehr wahrscheinlich sind Ihre Ressourcen das Ergebnis vorausschauender Planung und Vorbereitung. Sie haben ein Versteck mit Vorräten angelegt, das Ihnen und Ihrer Familie helfen soll, eine gewisse Zeit zu überleben, bis Sie Ihren Lebensunterhalt wieder durch Anbau von Feldfrüchten, Jagen oder Sammeln bestreiten können.

Die meisten Menschen werden über solche Ressourcen jedoch NICHT verfügen – also werden sie versuchen, sich etwas zu organisieren, und wenn diese Leute Ihr Zeug sehen, werden sie es sich holen – es dauert nicht lange, bis die Verzweiflung über Moral und Gesetzestreue siegt.

Tarnung ist also ein wesentliches Element des Überlebens – Ihr Fahrzeug, Ihr Unterschlupf, Ihre Verstecke und Sie selbst können mit etwas Tarnung völlig uninteressant erscheinen …

Besonders wichtig sind in meinen Augen zwei Dinge:

Abgelegenheit

Zugänglichkeit

Abgelegenheit bedeutet hauptsächlich, daß man Gegenden meiden sollte, in denen mit hoher Wahrscheinlichkeit Menschen unterwegs sind – also die Umgebung von Großstädten, Militäranlagen, bekannte Erholungsgebiete, Straßen, landwirtschaftlich intensiv genutzte Gegenden mit großem Viehbestand. Zugänglichkeit betrifft die Frage, wie leicht Ihr Unterschlupf erreichbar ist. Eine mit dichtem Wald und Buschwerk bedeckte, vielleicht auch von zahlreichen kleinen Bachläufen durchzogene, bergige, felsige Gegend als Ort für Ihren Unterschlupf wirkt auf Menschen, die nach Nahrung und Wasser Ausschau halten, nicht einladend.

Suchen Sie sich ein Gebiet aus, das andere Menschen wahrscheinlich meiden.

Ich habe mir überlegt, daß ich meinen Unterschlupf (natürlich erst im Laufe der Zeit) mit einer fast undurchdringlichen »Hecke« aus großen, möglichst mit Nadeln oder Dornen bewehrten Büschen und mit Fallgruben außerhalb der Hecke umgeben werde – und zwar, um sicherzustellen, daß nur die entschlossensten Feinde überhaupt in Erwägung ziehen, sich da hindurchzukämpfen und nachzusehen, was auf der anderen Seite ist …

Für ein abschließendes Urteil darüber, welche Folgen die beiden fehlenden Datumsstellen wirklich haben werden, ist die Zeit noch nicht reif. Am 3. Januar 2000 (der 2. fällt auf einen Sonntag, da sind die Banken ohnehin zu) wissen wir mehr –

so wie Sie, liebe Leserin, lieber Leser, die Sie dieses Buch erst nach jenem uns noch bevorstehenden Tag, jenem von Krisen- und Crash-Gefahr umlagerten Datum zur Hand genommen haben. Sie wissen bereits, was uns hier diesseits von TEOTWAWKI noch längst nicht klar ist: welche prophylaktischen Anstrengungen beherzigenswert gewesen wären. Wie haben Sie den Übergang gemeistert? Haben Sie sich in menschenleeres Gelände abgesetzt? Haben Sie ein Versteck mit Vorräten angelegt, Fallgruben gegraben, eine Dornenhecke gepflanzt, Ihren Tarnanzug an- und die Waffe bereitgelegt? Oder sind Sie in Ihrem Sessel, auf Ihrem Stuhl, an Ihrem Tisch aus dem letzten Jahrtausend einfach sitzen geblieben? Ich kann es von hier, wo ich gerade sitze, nicht erkennen. Ich sehe nur dies: Ob zu Hause oder am Ende der Welt – Sie haben hinter dem Zeitzaun einen Unterschlupf gefunden, einen Unterschlupf zwischen Nirgendwo und Überall, einen Unterschlupf im Taschenformat, und eben jetzt – das können Sie nicht verheimlichen, nicht vor mir – *lesen* Sie darin und werden wahrscheinlich gleich nachsehen, »was auf der anderen Seite ist«. Mir soll es recht sein. Ich teile gern.

R. K., am 30. Mai 1999

DANGER
DO NOT
PASS THIS
POINT

Der Zaun am Ende der Welt

Das Törchen

Einleuchtend erschien mir die Vorstellung schon immer, daß die Welt am Ende mit Brettern vernagelt sei. Ein alter Gärtner, der einmal in der Woche in unserem Garten nach dem Rechten sah, hat mir zum erstenmal davon erzählt. Er hieß Wachtmann, und ich muß damals fünf oder sechs Jahre alt gewesen sein. Jedenfalls war mir die ganze Sache völlig plausibel. Am Ende dieses Gartens nämlich, der ringsum von hohen Ziegelmauern eingefaßt war, gab es einen Durchlaß, den eine aus rohen Brettern zusammengezimmerte, verwitterte graue Holztür versperrte: das »Törchen«. Der Schlüssel zu diesem Törchen war – jedenfalls für mich – nicht auffindbar. Und wahrscheinlich hätte ich ihn in dem rostigen Türschloß auch gar nicht drehen können. So wie dieses Törchen stellte ich mir den Bretterzaun am Ende der Welt vor.

Viel später, als Törchen und Ziegelmauer längst verschwunden waren und der Garten aus vier Autogaragen mit einem Wendeplatz bestand, machte ich mich auf die Suche nach den Ursprüngen des Bildes vom brettervernagelten Ende der Welt. Gern hätte ich den alten Herrn Wachtmann nach all den Einzelheiten gefragt, die ich mir als Fünfjähriger entweder nicht gemerkt oder die ich inzwischen wieder vergessen hatte. Und gewiß hätte er mir alle erwünschten Auskünfte gegeben – aber er war längst tot und hatte sein Wissen mit ins Paradies der Gärtner genommen.

So war ich auf eigene Findigkeit angewiesen, auf die Literatur, auf das Wissen und die Einfälle von Freundinnen und Freunden und auf den Zufall, der mir oft wichtige Hinweise zuspielte. Aber nie bin ich auf eine Quelle gestoßen – keine kluge Abhandlung und keine kundige Person –, die sich über dieses Thema mit so viel Erfahrung und Sachverstand verbreitet hätte, wie es einst Herr Wachtmann tat.

Mit Büchmann unterwegs

Jeder weiß, daß die Welt an ihrem Ende mit Brettern vernagelt ist. Und jeder weiß auch, daß dies nicht stimmt. Denn erstens gibt es auf unserem Erdball kein Ende und zweitens an diesem Ende keinen Zaun. Dennoch erfreut sich dieser doppelte Verstoß gegen die Wahrscheinlichkeit großer Beliebtheit. Die Behauptung, am Ende der Welt sei ein Zaun errichtet, ist einer unserer Lieblingsirrtümer, eine jener exemplarischen Unwahrheiten, die nur wegen ihrer Lügenhaftigkeit vorgebracht werden oder um die Leichtgläubigkeit der Kinder auf die Probe zu stellen. Auch führen die Erwachsenen den Zaun am Ende der Welt manchmal zum Beweis dessen an, daß alles seine Grenzen habe. Sie glauben, hier leiste ihnen diese Barriere wider den Vorwitz gute Dienste. Von den gefährlichsten Abgründen, den schlimmsten Wildnissen und den schönsten Verheißungen soll der Bretterverschlag die neugierigen Kinder fernhalten. Doch er lockt sie nur an die Astlöcher und Ritzen, einen Blick auf die Wunder und die Schrecken dahinter zu ergattern.

Aber woher stammt dieser Zaun? Wer hat ihn errichtet? Wer hat ihn als erster erwähnt? Der Volksmund etwa, der uns, halb geöffnet, zwischen gelblichen, alten Zähnen ein schwer verständliches Sprichwort zuflüstert? Handelt es sich denn um eine anonyme Redensart, ohne Autor und Urheber, die aus dem Dunkel irgendwelcher fernen oder weniger fernen Zeiten auf uns gekommen ist? Oder läßt sich die Herkunft des Wortes bis zu einem Werk, einer Schrift, einem Text verfolgen, wo es zum ersten Mal auftaucht oder nachweisbar ist?

Läßt sich gar ein Urheber und Verfasser namhaft machen, der es geprägt hat?

Wer solche Fragen stellt, kommt an Büchmanns Lexikon der volkstümlichen, literarischen und historischen Zitate nicht vorbei. Auch ich habe über meinen Schreibtisch gegriffen und die nicht sonderlich vertrauenerweckende, aber verfügbare Taschenbuchausgabe der *Geflügelten Worte* aus dem Jahre 1957 zur Hand genommen – und war sogleich an Ort und Stelle. Der Weg des geringsten Widerstandes erwies sich als der kürzeste Weg zum Ende der Welt, und Büchmann hat ihn gebahnt.

Die Anreise ist kein Problem. Büchmann gibt sich als äußerst akkurater, zuverlässiger Führer. Er zitiert den Volksmund nicht nur – er korrigiert ihn auch: nicht »vernagelt« sei die Welt an ihrem Ende, sondern mit Brettern »verschlagen«. So laute das geflügelte Wort in seiner authentischen Fassung. Der ortskundige Cicerone verschweigt auch nicht die Quelle, aus der er geschöpft hat: eine barocke Schrift aus dem Jahre 1609, die *Ethnographia Mundi*, abgefaßt von Johannes Olorinus VARISCUS, der mit bürgerlichem Namen Johann Sommer geheißen habe.

So sollen gute Nachschlagewerke funktionieren. Ein Griff, und der Suchende gelangt, wohin er will – und sei es ans Ende der Welt. Der Weg zieht sich dann allerdings doch etwas in die Länge. Denn wer sich, gerüstet mit Büchmanns Angaben, in die Bibliothek begibt, der kann von Glück sagen, wenn er tatsächlich fündig wird.

Die *Ethnographia Mundi* des Johann Sommer ist dort nämlich nicht nur sehr selten, sondern überhaupt nicht anzutreffen. Es gibt sie gar nicht. Ein ethnographisches Werk über die Welt und ihre äußersten Enden hat jener Johann Sommer nie geschrieben. Allerdings ist unter seinem Namen oder vielmehr unter seinem gelehrten Decknamen eine Schrift über die Sitten der Welt und ihren Verfall erschienen, die *Ethographia Mundi*, oder »Kurtzweilige / jedoch warhaffte vnd glaubwürdige Beschreibung. Darinnen Der newen Weltkinder verderbte / vnd widersinnische Geberden / Sitten vnd Gebräuch / allerley Handel / vnd Wandel / vnd gantzes Leben / auch Verkehrung vnd verspottung im Glauben / Religion vnd Bekäntnüß / so dann auch verkehrte üppige vnd ärgerliche Kleidung / beschrieben wird. ... ans Liecht gebracht Durch Johannem Olorinum, Variscum«.

Doch nicht nur den Titel dieses Werkes gibt Büchmann falsch wieder. Auch den lateinischen Namen des Verfassers hat er mißverstanden. Das Komma hinter *Olorinum* und der Umstand, daß das Wort *Variscum* in einer neuen Zeile und in kleinerem Schriftgrad abgesetzt ist, zeigen deutlich: der Autor besitzt nur *einen* Vornamen, sein Nachname ist Olorinus und nicht »Variscus«. Wahrscheinlich stammte er aus *Variscia*, aus der Oberpfalz.

Dennoch, seien wir gnädig mit Büchmann. Immerhin hat er uns den Weg zur Quelle, zum Ursprung des Bildes vom brettervernagelten Ende der Welt gewiesen, und dafür sollten wir ihm dankbar sein. Wir sind ja auch schon fast am Ziel. Das Buch ist gefunden. Jetzt gilt es nur noch, die Stelle selbst aufzusuchen.

In der Ausgabe aus dem Jahre 1659, die ich vor mir habe, liegt diese Stelle am Übergang von der Seite 127 auf die Seite 128, mitten in einem ausgedehnten Kapitel, das dem Lügen und den Lügengeschichten gewidmet ist. Die Wahrheit, so gibt Johannes Olorinus gleich eingangs zu verstehen, habe abgedankt: »Denn die Welt hört gern Lügen mehr / Darumb leugt man heutiges tags so sehr.« Nicht um geflügelte Worte geht es in diesem Kapitel, sondern um »gefiederte Lügen«: »Ja

ETHOGRAPHIA MUNDI,

Erster Theil.

Das ist:

Der jetzigen newen Welt/ vnd Weltkinder Lustige/ vnd Kurtzweilige / jedoch warhaffte vnd glaubwürdige Beschreibung.

Darinnen

Der newen Weltkinder verderbte / vnd widersinnische Geberden/ Sitten vnd Gebräuch / allerley Handel / vnd Wandel / vnd gantzes Leben/ auch Verkehrung vnd verspottung im Glauben/ Religion vnd Bekäntnüß / so dann auch verkehrte üppige vnd ärgerliche Kleidung / beschrieben wird.

Der Posteritet zum Historischen Zeitspiegel/ vnd der newen Welt vnd allen jungen außgeheckten Weltkindern zum gründlichen vnterricht/ wie sie sich in die newe Welt schicken sollen/ ans Liecht gebracht

Durch

Johannem Olorinum, Variscum.

Gedruckt im Jahr

M. DC. LIX.

wer die besten lügen fiedern kann / der sol sein der beste Mann.« Und um dem Leser dabei zu helfen, sich in dieser so hoch angesehenen Disziplin hervorzutun, gibt Johannes Olorinus – in satirisch-moralischer Absicht, versteht sich – eine lange Reihe kurzgefaßter, übrigens auch numerierter Lügengeschichten zum wohlfeilen Gebrauch, falls im geselligen Gespräch einmal der Stoff ausgehen sollte. Er schlägt dem Leser zum Beispiel vor, er solle erzählen: »Daß er an einem Orth eine Brawpfanne gesehen / welche so groß gewesen / daß ihrer dreyhundert daran gearbeitet / die da etliche Jahr so weit voneinander gesessen / daß keiner deß andern schlag habe können hören.«

In dieser lügenhaften Umgebung findet sich nun auch die Geschichte vom Bretterzaun am Ende der Welt: »11. Daß er vom Ende der Welt komme gelauffen / vnd habe gesehen / daß es mit Brettern daselbst sey vnterschlagen / vnd daß Sonn vnd Mond vbern hauffen geworffen / vnd gantz verschimmelt ligen / da hab er an der Wand geklopffet / aber niemand hab ihm wollen antworten / darumb sey er wider umbgekehrt.«

Trotz Büchmann und mit ihm haben wir das Ziel, das brettervernagelte Ende der Welt, erreicht. Doch bleibt die Freude über das Gelingen dieser Expedition nicht lange ungetrübt. Verbitterung kommt auf, wenn man das lang gesuchte Zitat mit den Beteuerungen unseres Zitaten-Cicerone vergleicht, Verbitterung über sein ostentatives Bemühen um exakten Wortlaut, das sich bei genauerem Hinsehen als fahrlässige Verfälschung entpuppt.

Der Leser wird sich erinnern. An ihrem Ende sei die Welt mit Brettern nicht »vernagelt«, sondern »verschlagen«, so war Büchmann dem Volk mit stolzer Akribie über den Mund gefahren. Und was lesen wir nun, da wir selbst an diesen entrückten Ort vorgedrungen sind und diesen *locus classicus* unseres Themas in Augenschein nehmen? In Wahrheit ist die Welt dort nicht mit Brettern »ver-«, sondern »unterschlagen«. Nach allem anderen hat Büchman also auch das Zitat selbst entstellt und ein ganz wesentliches Detail unterschlagen. Da verschlägt es wenig, daß beide Formulierungen auf das gleiche hinauslaufen. Aber der Ertrag unserer Bemühungen beschränkt sich nicht auf die Enttarnung einer falschen Vorsilbe. Wir stoßen hier auch auf eine zweite Lügengeschichte, die von einem ganz anderen Ende der Welt erzählt:

»12. Daß er das Land auff vnd ab gezogen / biß er endlich ans ende der Welt were kommen / da were es so finster gewesen / daß er kein sticke hette sehen können / er hette denn ein Fewer angezündet / er habe nichts gehört / keine Gesellschafft gesehen / keine Sonne noch Mond sey auffgangen / er habe zwar einen hören singen / aber nicht sehen können / wo er gewesen.«

Offenbar haben wir es in den beiden Geschichten des Johannes Olorinus nicht nur mit zwei verschiedenen Weltenden zu tun – eines mit Bretterzaun, das andere ohne. Wir lernen auch zwei ganz unterschiedlich veranlagte Weltendereisende kennen und mit ihnen zwei völlig verschiedene Arten der Annäherung an das Ende der Welt.

Der erste Reisende scheint nicht sonderlich neugierig oder abenteuerlustig zu sein – jedenfalls erfährt man nicht, ob er in der Absicht ausgezogen ist, das Weltende zu erkunden, oder ob er bloß zufällig dorthin geraten ist. Dieser Reisende ist verzagt und ziemlich schreckhaft. Schon das Ausbleiben einer Antwort auf sein Klopfen am Bretterzaun treibt ihn zur Umkehr.

Anders der Reisende der zweiten Geschichte. Der ist ein beherzter, wagemutiger Bursche. Ihn hat es ans Ende der Welt nicht einfach verschlagen, er ist vielmehr weit gereist – interessanterweise nicht auf geradem Wege, sondern landauf, landab –, um das Ende der Welt zu erreichen. Und das gelingt diesem Draufgänger schließlich auch. Zwar könnte man fragen, woran er bei der allgemeinen Dunkelheit eigentlich erkannt habe, daß er an sein Ziel gelangt sei. Aber dieser Einwand geht am Kern der Sache vorbei, denn die Finsternis selbst ist schon ein Anzeichen dafür, daß der Reisende tatsächlich das Weltende erreicht hat. Weitere Indizien sind die Stille, die Einsamkeit, das Nichterscheinen von Sonne und Mond sowie die singende Stimme in der Stille.

Welche Fülle von Motiven drängt sich in den wenigen Zeilen dieser beiden Lügengeschichten! Mit erstaunlicher Knappheit hat Johannes Olorinus hier zahlreiche originelle Charakterisierungen des Weltendes angehäuft. Wo wir uns etwas mehr Barock wünschen und eine dem entfernten Gegenstand ja durchaus angemessene Weitschweifigkeit begrüßen würden, da bleibt er kurz und bündig und hat mit sparsamer Umsicht eher skizziert und angedeutet, als ausgeführt und entfaltet. Gerade dies weckt aber einen neuen, ungeheuerlichen Verdacht gegen Büchmann. Sogar die Bewunderung für Johannes Olorinus könnte darüber ins Wanken geraten.

Warum faßt sich der Verfasser der *Ethographia Mundi* denn eigentlich so kurz? Würde ein Autor des 17. Jahrhunderts nicht länger bei solchen Motivschätzen verweilen, würde er sie nicht wie prächtiges Geschmeide hin und her wenden und zum Glitzern bringen, wenn sie sein Eigentum wären? Würde er die Bilder nicht ausspinnen, entfalten und mit ihnen spielen, wenn er sie selbst ersonnen hätte? Kommt Johannes Olorinus tatsächlich alles Verdienst am phantastischen Reichtum dieser Texte zu? Hat er nicht selbst die beiden

Lügengeschichten vom Ende der Welt ausdrücklich als bloße Repertoirestücke für die gesellige Unterhaltung präsentiert – *und numeriert*?! Liegt es da wirklich nahe, anzunehmen, wie Büchmann dies tut, daß Johannes Olorinus all das selbst erdacht und erfunden hat? Sind wir überhaupt an der Quelle? Haben wir das äußerste, das letzte Ende der Welt überhaupt schon erreicht?

Vor der Paradiesmauer

Nein, noch lange nicht. Eine neue Quelle, ein sehr viel älterer Text, gibt neue Aufschlüsse: der *Alexanderroman*, die Beschreibung der Fahrten und Taten Alexanders des Großen und besonders seiner Reise in den fernen Orient, ans Ende der Welt und zum Paradies. Von der Antike bis zum 16. Jahrhundert zählt man achtzig Fassungen dieses vielgelesenen Klassikers der Weltende-Literatur in vierundzwanzig Sprachen, und es ist nicht unwahrscheinlich, daß die eine oder andere von ihnen auch Johannes Olorinus zu Gesicht kam. Jedenfalls begegnen uns sämtliche Motive seiner zweiten Weltende-Geschichte auch in der folgenden Episode aus dem *Alexanderroman*:

»Viele Freunde rieten nun dem Alexander, hier umzukehren. Aber er wollte nicht, da er das Ende der Erde sehen wollte. – Dann gelangte Alexander wieder zur Wüste und kam zum Meer, wo er *nichts mehr sah, weder einen Vogel noch sonst ein Tier*, nur den Himmel und die Erde; denn sie sahen *auch die Sonne nicht* mehr, sondern nur *dunkle Luft*, zehn Tage lang. Dann ließ er an einer Stelle am Meer die Zelte aufschlagen, bestieg mit den Soldaten Schiffe und fuhr zu einer Insel hinüber, die nicht weit vom Lande entfernt war und von *wo er Stimmen von Menschen hörte*, die griechisch redeten. Die Menschen selbst aber sah niemand.«

Der einzige wesentliche Unterschied zwischen dieser Stelle und dem Stück bei Johannes Olorinus besteht darin, daß dem Alexander der griechischen Version dies alles nicht erst am Ende der Welt, sondern schon auf dem Weg dorthin widerfährt. Aber die Leere, die Finsternis, die Abwesenheit der Sonne und die hörbaren Stimmen unsichtbarer Menschen – alles ist da, hier wie dort.

Über weite Strecken handelt der *Alexanderroman* tatsächlich von nichts anderem als dem Weltende. Immer neue Grenzen und äußerste Enden tun sich vor dem Helden auf, und keine dieser Extremitäten läßt er unerobert, unüberschritten, unerstürmt. Ständig strebt er ins Tiefe, ins Hohe, ins Weite. Er durchmißt den Raum in allen seinen Dimensionen und scheut dabei keinerlei technischen Aufwand.

Um das tiefe Ende der Welt am Grund des Meeres zu erkunden, läßt er sich »einen großen eisernen Käfig herrichten und in den Käfig ein großes gläsernes Faß setzen, dessen Wand eine Spanne dick war« – eine Taucherglocke also. Um das luftige Ende der Welt zu erreichen, läßt er ein Fluggerät bauen: An den Hälsen zweier Greife wird ein hölzernes Joch befestigt. Auf ihm nimmt Alexander Platz. An einem Speer läßt er vor den Köpfen der Greife ein Stück Leber baumeln, worauf sich die gefräßigen Fabeltiere sogleich in die Luft erheben und Alexander samt seinem Fleischspieß mitnehmen.

Aber nach welchem Ende Alexander sich auch wendet, immer tönt ihm die Stimme aus dem Off entgegen: »Alexander, der du das Irdische nicht kennst, warum suchst du das Himmlische zu erreichen? Kehre eilends zur Erde zurück, damit du nicht den Vögeln zum Fraß wirst!« Und am Meeresgrund: »Höre auf, Alexander, Unmögliches zu versuchen, damit du nicht, forschend in unergründlichen Tiefen, noch dein Leben verlierst.«

Der Makedonenkönig beherzigt diese Tips. Er entwickelt im Laufe seines Romans Schrankenbewußtsein. An den Grenzen der Welt erfährt er die eigenen Grenzen – die Grenzen seiner Macht. Denn vor allem als Herrscher und Eroberer, der sein Reich bis an die Ränder der Erde ausdehnen will, ist er nach dem Weltende unterwegs. Dort aber wird ihm das Gebot »Bis hierher und nicht weiter« entgegengehalten – jenes *Nec plus ultra*, das nach Überzeugung der Alten bei den Säulen des Herkules, am Ausgang des Mittelmeeres, den Allzuverwegenen mahnte, nicht in den Ozean, das Weltmeer, vorzudringen.

Selbstverständlich zieht es auch Alexander zu den Herkulessäulen. Im *buch der geschicht des grossen allexanders*, dem 1472 erstmals gedruckten Volksbuch des Johann Hartlieb, liest man, wie es ihm dabei erging:

»Darnach kehrte ich mich zu den Enden, da Hercules und Liberius die große Heerfahrt gethan und vollbracht hatten. In den allerletzten Enden gen Orient da haben sie beide ihre Bilder von lauterem Gold gießen lassen und die daselbst gesetzt zu einem Zeugnis, daß sie die Welt bis zu den Enden durchzogen haben ... Darnach wollt ich nicht erwinden [damit wollte ich mich nicht begnügen]; ich wollt ferner ziehen, denn Hercules und Liberius gezogen waren, und kehret mein Heer aber ferner gen Ocean. Da ward mir gesagt, daß fürbaß nichts mehr wär, denn Wald und Gebirg, darinnen wohneten nur Elefanten, Schlangen und ander freisam [wilde] Tier. Ich wollt mich daran nicht kehren, ich fuhr fürbaß bis an das Meer Ocean, und wollt versuchen, ob ich auf dem Meer alle Welt umfahren könnt. Da fand ich, daß das Meer so finster und dunkel war, auch so gar ungestüm, daß niemand da fahren mocht. Und da ich nun ferner kommen war denn Hercules und Liberius, ließ ich mir genügen, denn sie waren und sind geschrieben unter die Zahl der Götter; so bin ich nur ein tötlich Mensch, darumb ließ ich mir billig genügen.«

Auf die schwerste Probe wird Alexanders Schrankenbewußtsein aber auf seiner Fahrt an jenen Ort gestellt, in dem

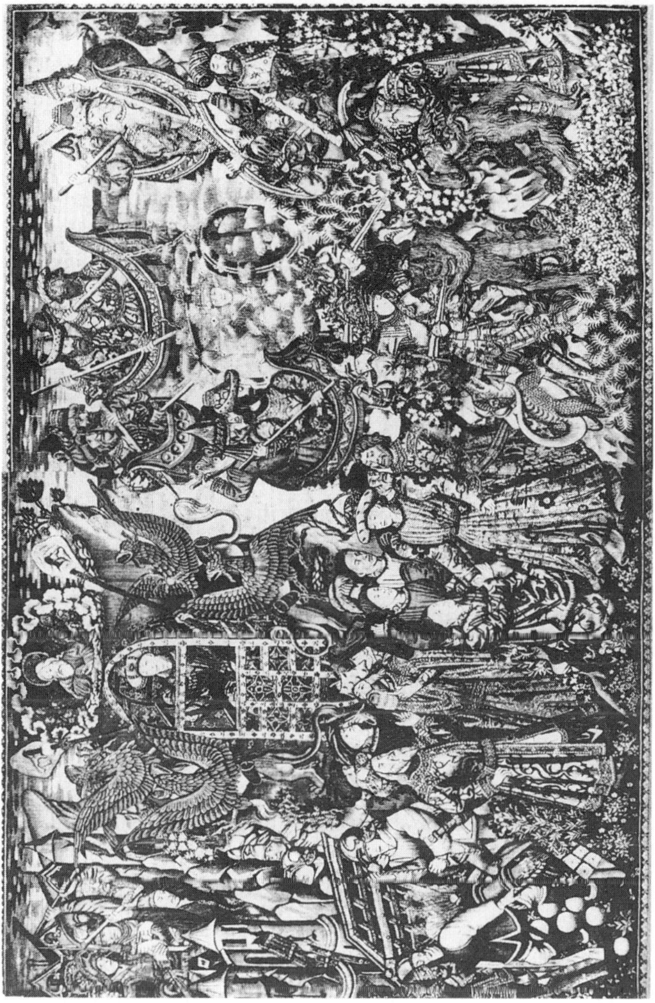

Weltende und Jenseits zusammenrücken, auf seinem Zug zum Paradies. Was keinem vor ihm gelang, schafft der tapfere Alexander: Er dringt zu Schiff auf einem der vier im Paradies entspringenden und gegen ihre Quelle hin immer reißender werdenden Flüsse bis an den Ort der zeitlosen Glückseligkeit vor und stößt dort wiederum auf ein Hindernis, die Paradiesmauer.

Wie Alexander und seine Leute an dieser schier endlosen Mauer entlangfahren und schließlich doch eine Pforte finden, wo sie sich dann mit großem Getöse den Paradiesbewohnern bemerkbar zu machen versuchen, schildert der Pfaffe Lamprecht in seinem mittelhochdeutschen *Alexanderlied*:

lange si dô fûren
bî der hôhen mûren
und ne mohten nehein ende
an der steinwende
nêren gevinden.
do quam daz ingesinde
ubir lanc zeiner ture.
dâ riefen sie lange fure.
dô begunden sie bôzen,
slân unde stôzen
mit grôzem unsinne.
di sêlen dar inne
und die engelische scare,
di ne nâmen des neheine ware.

Weiter soll Alexander auf all seinen Reisen nicht kommen als bis an dieses Törchen zum Paradies, das sich nach langem vergeblichen Pochen und Hämmern schließlich doch auftut. Es erscheint der Herr Wachtmann vom Paradies:

iedoh quam ein alt mann
zô der ture gegân.
der frâgete si, waz si wolden.

Alexanders Gefolgsleute fordern nun auch von ihm und den Seelen im Paradies, wie schon von so vielen unterworfenen Völkerschaften, einen gehörigen Tribut für ihren Herrn, den mächtigsten König der Erde. Doch auch an diesem Weltende wird Alexander ein *Nec plus ultra* entgegengesetzt. Zwar überreicht man ihm einen edlen Stein – »Du magst hierin, wie du willst, ein Geschenk oder einen schuldigen Tribut erblicken« –, aber zugleich gibt man ihm zu verstehen, er möge die Bewohner des Paradieses nun endlich in Ruhe lassen. Und Alexander zieht sich zurück.

Für ihn ist diese Mauer bloß eine von vielen Grenzen, wie sie sich ihm an den verschiedenen Weltenden immer wieder in den Weg zu stellen pflegen. Uns aber, die wir immer noch zum versperrten, vernagelten Ende der Welt unterwegs sind, bringt gerade dieses Hindernis ein gewaltiges Stück voran. Ist die Paradiesmauer und jenes Törchen darin vielleicht das ursprüngliche Modell für den Zaun am Ende der Welt?

Das Palisaden-Paradox

Vielleicht! Aber eine Pforte, von der wir nicht einmal mit Sicherheit sagen können, sie sei aus Holz gewesen, und eine fugenlose Mauer von edlem Gestein ergeben auch beim Einsatz aller Interpretationskünste und aller Kniffe der Motiv-Alchemie keinen stabilen Bretterzaun. Noch steht unsere Vermutung auf ziemlich wackligen Pfosten. Sie läßt sich jedoch durch eine zweite Hypothese abstützen, die für sich genommen ebenfalls nicht besonders belastbar zu sein scheint. Beide zusammen jedoch ergeben eine Konstruktion, die mindestens so tragfähig ist wie ein solides Kartenhaus.

Vielleicht nämlich, so lautet diese Vermutung, bewegte sich Johannes Olorinus, als er am Ende der Welt einen Bretterzaun errichtete, nicht nur auf der internationalen Überlieferungsschiene des *Alexanderromans* (wie gesagt, achtzig Versionen in vierundzwanzig Sprachen bis zum 16. Jahrhundert). Vielleicht folgte er zugleich auch einer nationalen Erinnerungsspur im historischen Gedächtnis der Deutschen.

Ich meine die Erinnerung an die Zeit um das Jahr 89 n. Chr., als die Römer begannen, den Germanen ihre Welt nach Süden hin zu vernageln. Der obergermanische Limes bestand bekanntlich aus einer Reihe durch Querlatten miteinander verbundener Palisaden. Das Kernstück des *Limes britannicus*, des sogenannten Hadrianswalls, war hingegen eine Steinmauer, und auch am Limes in den Donauprovinzen des Römischen Reiches sind Reste von Palisaden bisher nicht bekannt. Die hölzerne Grenze war also, wie es scheint, eine deutsche Besonderheit. Und das erklärt wohl auch, warum das Bild vom brettervernagelten Ende der Welt in anderen Sprachen und Kulturen anscheinend nicht bekannt ist.

Vom Palisadenzaun der Römer zum Bretterzaun am Weltende – dieser Sprung ist, wie mir scheint, nicht zu gewagt. Man bedenke nur, wie tief sich die römische Grenzbefestigung in die Gedanken- und Vorstellungswelt der Deutschen eingegraben hat. Das zeigt sich bis heute daran, wie dieses Volk in einem eigenartig verkehrten, über 1900 Jahre wirksamen Wiederholungsdrang die damals von einer fremden Macht erlittene Vernagelung immer mal wieder gegen sich selbst wendet: nicht nur am deutsch-deutschen Limes, auch an sogenannten Bauzäunen in der Umgebung gewisser (aber möglicherweise unsicherer) Anlagen, ohne die der technische Fortschritt angeblich aus dem Tritt kommen würde. Und manchmal reicht die Wiederholung – dies spricht sowohl für die scharfen Umrisse als auch für die Tiefe der Erinnerungsspur – bis ins architektonische Detail. So etwa in Frankfurt, einer Stadt, in der allein schon aufgrund ihrer geographischen Lage zwischen Limeshain und Startbahn West ein Walter Wallmann etwas werden *mußte*. Auch der vielumkämpfte Bauzaun zur Sicherung der Erweiterungsarbeiten am Rhein-Main-Flughafen bestand aus durchbrochenen Betonelementen, die aus der Ferne wie Palisaden wirkten.

Es ist an der Zeit, auf eine eigenartige Paradoxie oder Unschärfe in der Vorstellung vom Weltende hinzuweisen, die gerade dort besonders deutlich zutage tritt, wo man sich dieses Weltende mit Brettern vernagelt denkt. *In Wirklichkeit* nämlich ist die Welt am Weltende gar nicht zu Ende – jedenfalls nicht in dem Sinne, daß man dort dem Nichts, einem unüberwindlichen Hindernis oder definitiven Abschluß gegenüberstünde. Wenn zum Beispiel Tacitus in seinem Deutschland-Buch vom Gestade der Nordsee sagt: »Hier ist – und das darf man glauben – das Ende der Welt«, dann dehnt sich vor ihm nicht das Nichts, sondern – im doppelten Sinne unübersehbar – eine gewaltige, unbekannte Wasserfläche.

So könnte man denn auch fragen, ob sich Hegel nicht im Bild vergriffen hat, wenn er in seiner *Enzyklopädie* ein grenzenloses Universum propagiert und die altertümliche Vorstellung von der endlichen, in sich geschlossenen Welt mit einer Anspielung auf den Zaun am Ende der Welt zurückweist: »Stelle ich den Stern auch noch so weit, so kann ich darüber hinausgehen; die Welt ist nirgends mit Brettern zugenagelt.«

Und wenn sie zugenagelt wäre? so muß man den Berliner Philosophen fragen. Wäre sie dann an diesem Verschlag zu Ende? Könnte ich etwa nicht *darüber hinausgehen*? Was mit Brettern vernagelt ist, das läßt sich mit Brecheisen, Hammer und Zange auch wieder aufreißen. Man könnte auch ein Guckloch bohren. Und wer genug Zeit hat, der mag abwarten, bis die Bretter morsch und die Nägel rostig geworden sind und das ganze Hindernis in sich zusammenbricht. Daß auch der Zaun seine Dialektik besitzt oder, um es klarer auszudrücken: daß zu jedem Hüben ein Drüben gehört, ist Hegel nicht in den Sinn gekommen. Am Weltende ist er gescheitert. Er hat das Guckloch nicht beachtet, das zu jedem richtigen Zaun gehört. Er hat die Stimme nicht gehört, die am Ende der Welt von jenseits des Zaunes aus der Dunkelheit herübertönt.

Hinter dem vernagelten Ende der Welt liegt nicht das Nichts, sondern das Unbekannte, über das man nur Vermutungen an- und Hypothesen aufstellen kann; das Furchterregende, das Faszinierende oder das Wunderbare, eine besonders unwirtliche oder – wer weiß? – eine besonders gastliche Welt, eine Welt jedenfalls, die ganz anders ist als die bekannte, alltägliche. »Für manche Leute«, sagt der kleine

Linus zu seiner Freundin Sally, »ist das grünste Gras immer auf der anderen Seite des Zauns.«

Gewiß, der Bretterzaun kann eine abschließende, sperrende und damit die Neugier dämpfende oder gar abtötende Wirkung haben – der Ausdruck »vernagelt« im Sinne von »begriffsstutzig« soll sich vom vernagelten Ende der Welt herleiten. Häufiger jedoch wird man dem Zaun einen sein Diesseits mit seinem Jenseits vermittelnden, die Neugier verlokkenden Effekt zuerkennen müssen. Niemand hat dies besser erkannt und plastischer beschrieben als Christian Morgenstern. Schon zu Beginn seines Gedichtes *Der Lattenzaun* heißt es:

> Es war einmal ein Lattenzaun,
> mit Zwischenraum, hindurchzuschaun.

Morgenstern bestimmt das Wesen des Zauns geradezu aus der Dialektik von Latte und Zwischenraum. Denn der echte Zaun ist kein Bollwerk der Borniertheit, die Chance des Durchblicks ist ihm wesentlich.

Eiskalte Lügen

Das Erstaunlichste an *Münchhausens wunderbaren Reisen* ist der Umstand, daß der Freiherr nie ans Ende der Welt gelangt ist. Dabei verfügte er wie kein anderer über die Möglichkeiten und Fähigkeiten dazu, und die Reise ans Ende der Welt war doch, wie wir bei Johannes Olorinus gesehen haben, geradezu eine Repertoirestück der Erzähler von Lügengeschichten. Aber – wer weiß? – vielleicht hat Münchhausen sie gerade deshalb verschmäht.

Faßt man den Begriff des Weltendes jedoch weniger streng (so wie es auch Nikolaj Ljesskow tut, der in seiner Erzählung *Am Ende der Welt* unter Weltende eine weite, von Gott und Menschen verlassene sibirische Einöde versteht, durch die er seine Missionare irren läßt), dann darf man auch von Münchhausen sagen, er sei am Ende der Welt gewesen, und zwar gleich in der allerersten Episode seiner Erzählungen, als er sich auf der Reise nach Rußland befindet:

»Ich ließ das gut sein und ritt weiter, bis Nacht und Dunkelheit mich überfielen. Nirgends war ein Dorf zu hören, noch zu sehen. Das ganze Land lag unter Schnee, und ich wußte weder Weg noch Steg.« Unsere Vermutung, Münchhausen befinde sich hier am Ende der Welt, wird dadurch bekräftigt, daß er, als die Nacht hereinbricht und eine Ruhepause unaufschiebbar wird, auf »eine Art von spitzem Baumstaken, der über den Schnee hervorragt«, stößt, an welchen er sogleich sein Pferd bindet. Im Lichte unserer Hypothese ist dieser »Baumstaken« natürlich nichts anderes als die an einem der Erdpole, wahrscheinlich dem nördlichen, herausragende Erdachse.

Münchhausens Vermutung ließ sich freilich nicht lange halten, und auch unsere Hypothese schmilzt rasch dahin: denn bekanntlich stellte der Lügenbaron am nächsten Morgen, als aller Schnee verschwunden war, fest, daß er sich nicht am Pol, sondern in Polen befand und daß er sein Pferd an das Kreuz oder den Wetterhahn einer zeitweilig eingeschneiten Dorfkirche gebunden hatte.

So bringt uns Münchhausen zwar nicht ans Ende der Welt, wohl aber auf einen neuen Gedanken. Durch unsere vorschnelle Hypothese hinsichtlich des »spitzen Baumstakens« sind wir – und damit verdankt diese Untersuchung den »gefiederten Lügen« nun schon zum wiederholten Male eine wichtige Einsicht – auf eine ganz neue Form von Weltende gestoßen. Die verschiedenen Beispiele linearer Weltenden – Zäune, Mauern, Grenzen –, die wir bisher erörtert haben, können wir nun durch das punktförmige Weltende logisch ergänzen.

»Tigi Shu« – großer Nagel – nennen die Eskimos den Nordpol. Und noch bevor ein Polarforscher auch nur in seine Nähe kam, hatte der französische Historiker Jules Michelet diesen Nagel schon auf den Kopf getroffen, als er nämlich in seinem Buch *Das Meer* ein Kapitel über Polarmeere und Polarexpeditionen mit dem Satz begann: »Nichts verlockt den Menschen so sehr wie das Unnütze und das Unmögliche.«

Um die Frage, ob es nützlich oder unnütz sei, den Nordpol zu erreichen, rankt sich ein langer, erbitterter und bis heute nicht entschiedener Streit. Nicht umstritten ist aber in der exakten Polarforschung die Erkenntnis, daß es tatsächlich unmöglich ist, an den Nordpol zu gelangen – und deshalb könnte man fast behaupten, Michelet habe, indem er den

Nagel so früh und so genau traf, als einziger den Nordpol je wirklich erreicht.

Der Punkt, an dem die Erdachse im hohen Norden endet, liegt über einem mehr als 4200 Meter tiefen Ozean auf dem Eis. Dieses Eis driftet. Es ist in ständiger Bewegung. Die Stelle auf dem Eisfeld, die eben noch der Nordpol war, ist es in diesem Augenblick schon nicht mehr. Und die für eine geographische Standortbestimmung notwendigen Messungen sind langwierig und unter den in der Polregion herrschenden Klimaverhältnissen äußerst qualvoll. Keiner der beiden angeblichen Nordpolentdecker konnte sie mit letzter Genauigkeit durchführen – weder Frederick Cook, der sich nach eigenen Angaben am 21. und 22. April 1908 am Pol aufhielt, noch Robert Peary, der am 6. und 7. April 1909 dort gewesen sein will.

Schon diese Datumsangaben zeigen, daß es ein Wettrennen zum Nordpol, wie es Amundsen und Scott wenig später zum Südpol austrugen, nicht gegeben hat. Fast ein ganzes Jahr liegt zwischen Cooks Vorstoß zum Nordpol und dem Pearys. Der spätere Streit um die Priorität an der »Entdeckung des Nordpols« drehte sich denn auch nicht um die Frage, wer von den beiden als erster dort gewesen war, sondern um die, ob der eine oder der andere überhaupt dort gewesen war.

Frederick Cook hatte in dieser Auseinandersetzung einen erheblich schwereren Stand als Peary – wir werden noch sehen warum. Die Welt hat ihn als Scharlatan und Lügner verschrien und Peary die Ehre an der Entdeckung eines Punktes zuerkannt, der sich gar nicht entdecken läßt. Wir jedoch lassen uns durch solche Vorurteile nicht beirren. Auf unseren Annäherungen ans Weltende haben wir schon mehrmals die Erfahrung machen können, daß die Erzähler von Lügengeschichten oft die zuverlässigeren Weltende-Kundigen sind.

Eindeutig ließ sich der Prioritätsstreit zwischen Peary und Cook bis heute nicht lösen. Denn beide Entdecker hatten den Ablauf ihrer Expedition so einzurichten gewußt, daß sie die Ehre der Pol-Erreichung mit keinem anderen Rassen- und Fachgenossen zu teilen brauchten. Als sie in der Polregion eintrafen, waren sie »allein«, das heißt, lediglich von Eskimos begleitet, Peary außerdem von Henson, seinem dunkelhäutigen Diener – lauter Leuten jedenfalls, deren Zeugnis in Fragen der geographisch-mathematischen Standortbestimmung nicht sonderlich ins Gewicht fiel.

Da beide, sowohl Peary als auch Cook, die einzig kompetenten Zeugen in ihrer eigenen Sache sein konnten, war es eigentlich nicht gerechtfertigt, die Debatte auf die Frage einzuengen, ob Cook den Pol tatsächlich erreicht habe. Die gleiche Frage hätte auch Peary gestellt werden müssen. Der verfügte aber über entschieden bessere Beziehungen zur Presse und zur wissenschaftlichen Fachwelt als Cook und argumentierte stets aus der Position des Angreifers. Er behauptete zum Beispiel, Cook habe sich »nur lange genug in der Arktis versteckt gehalten, bis genügend Zeit vergangen war, um seine Behauptung, er habe den Pol erreicht, glaubhaft erscheinen zu lassen«. Cook geriet über solchen Attacken immer mehr in die Defensive. Aber der eigentliche Grund dafür, daß er sich in der Pol-Kontroverse an die Wand drängen ließ, liegt tiefer. Er wird erkennbar, wenn man untersucht, wie die beiden Nordpolentdecker vor Ort mit der praktischen Unentdeckbarkeit des Nordpols umgingen und zurechtkamen.

Beiden Polarforschern war der nicht zu behebende Mangel an Punktgenauigkeit schmerzlich bewußt. Zwar wußten sie, daß zu den »Geheimnissen des Pols«, die sie »endlich« lüften wollten, die aus dem Eis hervorragende Erdachse nicht gehören würde. Aber trotz allem haben beide nach einem greifbaren Anhaltspunkt Ausschau gehalten, der den Pol mit letzter Gewißheit markierte.

So schreibt Cook, der seinen Eskimos, um sie in Sicherheit zu wiegen, immer wieder vorgelogen hatte, gewisse Gebilde am Horizont seien Land: »Die Zeichen von Landnähe, an die zu glauben ich meine Gefährten ermutigt hatte, konnte man jeden Tag beobachten, aber ich wußte natürlich, daß sie eine Täuschung waren. Doch fand auch ich, daß jetzt bald etwas Ungewöhnliches geschehen mußte. Vielleicht erschien ein Streifen am Horizont und bezeichnete das wichtige Gebiet, in das wir eindrangen.«

Aber es erschien kein Zeichen am Horizont, und auch am Nordpol selbst deutete nichts Sichtbares auf diesen hin – für Cook eine zutiefst deprimierende Erfahrung: »Wir verbrachten zwei Tage am Nordpol. Nach dem ersten Siegestaumel erlosch die Begeisterung rasch. Wir ruhten uns aus und arbeiteten. Ich empfand keine Erregung. Der Rausch des Erfolges war vorüber. Ja, seit einiger Zeit fragte ich mich, warum ich von diesem Ort in all den Jahren so besessen gewesen war. Warum suchten Männer diesen schwer definierbaren Punkt seit Jahrhunderten? Wie überflüssig, dachte ich, für dieses hypothetische Ding sein Leben opfern.«

Eines wird hier ganz deutlich. Cook hat die Polachse vielleicht nicht gesucht, aber er hat sie am Ende schmerzlich vermißt. Sie hätte aus dem »hypothetischen Ding« ein wirkliches gemacht, und wahrscheinlich geriet Cook in der späteren Pol-Kontroverse nur deshalb ins Hintertreffen, weil ihn am Pol solche grüblerischen Zweifel befallen hatten.

Völlig anders versucht sein Kontrahent Peary das polare Genauigkeitsdefizit zu bewältigen. In der Polregion angekommen, wandert er zunächst kreuz und quer über das Eis, um auf gut Glück den Pol zu berühren: »Während ich so das Eis nach verschiedenen Richtungen hin überschritt, hatte ich ungefähr 18 Kilometer für mögliche Irrtümer in meinen Beobachtungen zugegeben. In irgendeinem Augenblick habe ich während dieser Hin- und Hermärsche den Punkt überschritten, wo Nord und Süd, Ost und West in eins zusammenfließen, oder ich bin ihm doch sehr nahe gekommen.«

Auch Peary ist sich seiner Entdeckung eben doch nicht ganz sicher. Ihn scheint die Unsichtbarkeit der Erdachse ebenfalls geschmerzt zu haben. Doch so, wie er in der Auseinandersetzung mit Cook später die Initiative ergriff, so ergriff er sie auch schon am Pol und machte sich daran, die vermißte Achse eigenhändig zu errichten: »Wir pflanzten fünf [!] Flaggen an dem Gipfel der Welt auf. Die erste war eine seidene amerikanische Flagge, die mir vor 15 Jahren meine Frau geschenkt hatte. ... Ich hielt es auch für angezeigt, die Farben der Delta-Kappa-Epsilon-Brüderschaft, in der ich als Student des Bowdoin College als Mitglied aufgenommen war, die ›Weltzeichen der Freiheit und des Friedens‹ aufzuziehen; ferner die Flagge des Flottenvereins und auch die Flagge des Roten Kreuzes.«

Wir erkennen hier den Mann der Tat. Er läßt sich nicht beirren, wenn er das letzte Ende nicht mit letzter Sicherheit entdecken kann. Mit einer ultimativen Anspannung seiner ganzen, von der entbehrungsreichen Anreise schon arg strapazierten Willenskraft setzt und definiert er dieses Ende selbst.

So stellte sich die Welt einen Polarforscher vor, so wollte sie ihren Nordpolentdecker haben. Deshalb entschied sie sich für Peary und gegen Cook, der, am Pol angelangt, plötzlich nicht mehr wußte, was er hier eigentlich wollte und sollte. Peary wußte es. Er richtete das Sternenbanner auf und nahm

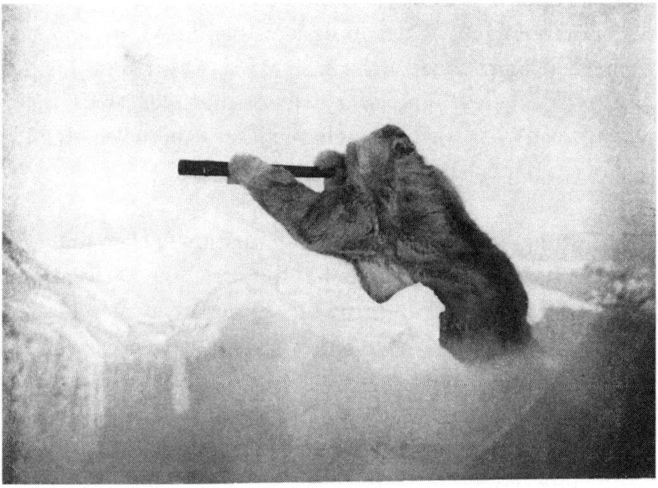

Peary hält am Nordpol Ausschau nach Land.

den Nordpol in aller Form, durch eine Urkunde beglaubigt, für die Vereinigten Staaten in Besitz. Aber die Meere sind frei. Kein Staat kann Besitzansprüche auf das treibende Eis des Nordpols erheben, und Pearys Eroberung des »hypothetischen Dings« war sowohl im physikalisch-materiellen als auch im völkerrechtlichen Sinne gegenstandslos.

Die Haltung, in der Peary diese Okkupation betrieb und vorher schon die Polachse eigenhändig errichtet hatte, dieses forsche Draufgängertum, tritt uns in seiner reinsten Gestalt übrigens in dem bekannten Kinderbuch *Pu der Bär* von A.A. Milne entgegen. Hier plant der kleine Christopher Robin zusammen mit seinem Freund Pu und ein paar anderen Tieren ebenfalls eine Polarexpedition. Doch bevor es losgehen kann, müssen die Expeditionsteilnehmer einige wichtige Begriffe klären. Ihre Definitionen sind für uns von höchstem Interesse:

Expedition – »alle marschieren in einer langen Reihe hintereinander«.

Pol – »... ist eine Stange [englisch: *pole*], und dann ist weiter nichts da«.

Nordpol – »... ist etwas, das man entdecken muß«.

Schließlich bricht die Expedition tatsächlich auf, und nachdem sie ein Stück weit vorgedrungen ist, findet Pu eine Stange: »›Pu‹, erklärte Robin feierlich, ›die Expedition ist vorüber. Du hast den Nordpol gefunden.‹ – ›Ach!‹ staunte Pu ... Dann gingen sie alle wieder heim.«

Tatsächlich ist die Heimreise ein ganz wesentlicher Bestandteil jeder Nordpolexpedition. Das gilt nicht nur für Christopher Robin und seine Genossen, es galt auch für die beiden Pol-Rivalen Peary und Cook. Denn keinesfalls hatten sie den Pol schon dadurch entdeckt, daß sie ihn erreichten. Genauso wichtig war es, nachher die nächste Telegraphenstation zu erreichen, um die Weltöffentlichkeit über Kabel von dem errungenen Erfolg zu unterrichten. Denn Funkgeräte und drahtlose Kommunikation gab es noch nicht.

Hierbei nun machte Cook die bittere Erfahrung, daß man diesen zweiten Teil der Aufgabe eines Nordpolentdeckers, die zügige Heimkehr, nicht auf die leichte Schulter nehmen darf. Tatsächlich kostete es ihn nämlich sehr viel weniger Mühe, den Nordpol zu erreichen als nachher die erste Telegraphenstation. Und beinahe hätte er den »Wettlauf vom Pol« deshalb noch verloren.

Ein Wettrennen zum Pol hatte es, wie gesagt, nicht gegeben. Um so dramatischer gestaltete sich aber das Finish auf der Rückreise – ein Kopf-an-Kopf-Rennen, von dem die beiden Kontrahenten allerdings wegen der erwähnten Kommunikationsschwierigkeiten bis zuletzt nichts wußten.

Peary war fast ein Jahr nach Cook in die Polregion vorgedrungen. Als er sich am 7. April 1909 dann wieder auf den Rückweg machte, war Cook immer noch nicht aus der Arktis zurückgekehrt. Er hatte die Eisdrift falsch berechnet, hatte die für den Rückweg geplante Route mit den vorbereiteten Versorgungslagern verfehlt und in der Arktis überwintern müssen. Peary und die übrige Welt hielten ihn für verschollen.

Aber am 18. April 1909 erreicht Cook, halb verhungert und vollkommen erschöpft, den grönländischen Eskimohafen Annoatok. Eine Telegraphenstation gibt es hier allerdings nicht. Auch das weiter südlich gelegene Upernavik, wohin Cook nach einer 1150 km langen Schlittenfahrt über die vereiste Melville-Bucht gelangt, verfügt nicht über den ersehnten direkten Zugang zur Weltöffentlichkeit. Erst im August kann

Cook in Upernavik an Bord eines dänischen Transchiffes gehen, das auf der Heimfahrt nach Kopenhagen die Shetland-Inseln anläuft. Von hier aus telegraphiert Cook endlich, am 1. September 1909, an den Besitzer des *New York Herald*. Die erste Zeitungsmeldung erscheint am 2. September.

Inzwischen ist aber auch Peary, dessen Rückkehr vom Pol fast reibungslos vonstatten ging, wieder in unmittelbarer Nähe des amerikanischen Kontinents. Fünf Tage später als Cook, am 6. September 1909, erreicht sein Schiff die erste Telegraphenstation. Von Indian Harbour an der Küste von Labrador kabelt Peary an den Sekretär des »Peary Atlantic Club« in New York: »Pol erreicht«, und setzt seine Fahrt fort.

Die Schlacht um den Pol konnte beginnen. In Battle Harbour treffen am 16. September 1909 erste Hilfsmannschaften für Peary ein – »23 Spezialkorrespondenten, die sofort nach Norden geschickt worden waren, als unsere Depeschen New York erreicht hatten«. An jenem 16. September greift auch schon am anderen Ende der Welt, in Wien, ein streitbarer Publizist in die eben erst ausgebrochene Pol-Kontroverse ein. Karl Kraus setzt den Artikel »Die Entdeckung des Nordpols« als Aufmacher in die zweihundertsiebenundachtzigste Nummer seiner *Fackel*. Und mit dem richtigen Gespür für das Wesentliche kommt er sogleich auf jene Frage zu sprechen, die, wie ich zu zeigen versucht habe, den eigentlichen Kern der Pol-Kontroverse ausmacht: »Wer hat zuerst den Nordpol nicht entdeckt?« Hätte Karl Kraus von jenen 23 Spezialkorrespondenten gewußt, so hätte das vielleicht seinen Argwohn gegen den streitbaren Mister Peary geweckt. Aber diese Kunde war noch nicht zu ihm gedrungen, und so kommt es, daß er – wie es sonst gar nicht seine Art war – in das gleiche Horn stößt wie die meisten anderen Zeitungen und ganz entschieden für den »schlichten« Nordpolentdecker Peary und gegen den Scharlatan Cook Partei ergreift.

Dabei war es Cook gewesen, den am Pol selbst ähnliche Zweifel am Sinn der Erstürmung des Pols angefochten hatten, wie sie nun Karl Kraus formuliert: »Seit Jahrhunderten hatte der Menschheit, die immer vorwärts schritt, ein letztes Etwas zu ihrem Glücke gefehlt. Was war es nur? ... Was war das Paradigma aller Begehrlichkeit? Der Trumpf der Streberei? Die Ultima Thule der Neugier? Der Ersatz für das verlorene Paradies? Die große Wurst, nach der auf dem irdischen Jahrmarkt die Wissenschaft alle Schlittenhunde hetzte? Ach es litt die Menschheit nicht beim Tagwerk: der Gedanke, daß da oben ein paar Quadratmeilen waren, die ein menschlicher Fuß noch nicht betreten hatte, schien unerträglich. Freudloser als der ›freudlose Fleck‹, den es endlich zu finden gelang, war das Leben, solange er nicht gefunden war. Es war eine Blamage, daß wir, denen die Welt gehört, uns ihr letztes Endchen vorenthalten sollten.«

Karl Kraus hat sehr genau verstanden, was das polare Weltende so problematisch macht – nämlich sein Mangel an Substanz, an Ausdehnung, seine Punktförmigkeit. Die Definitionen des Bären Pu vorwegnehmend, nennt Kraus den Nordpol »eine Stange, an der eine Fahne flattert, also ein Etwas, das ärmer ist als das Nichts, eine Krücke der Erfüllung und eine Schranke der Vorstellung. Die Bescheidenheit des menschlichen Geistes ist unersättlich ... Denn die Dummheit war es, die den Nordpol erreicht hatte, und sieghaft flatterte ihr Banner als Zeichen, daß ihr die Welt gehört.«

Das polare, punktförmige Weltende ist nun tatsächlich jene Schranke der Phantasie, für die Hegel den Bretterzaun hielt. Einmal erreicht, verschluckt der Pol in seiner Eindimensionalität alle Bilder und Vorstellungen, die sich auf der Anreise noch mit ihm verknüpft hatten. Die Vorstellungskraft tritt am Pol auf der Stelle und bekommt kurze Beine. Es geht hier nicht weiter.

Die Flagge am Nordpol (6. April 1909).

Duell am Kap Komfort

Nach diesem Abstecher an das ärmliche Ende der Welt wollen wir uns noch einmal dem Zaun zuwenden. Unsere Neugier hat er doch längst geweckt. Doch den Lockungen der Gucklöcher, der Ritzen und Durchschlupfe haben wir bis jetzt nicht nachgegeben. Unverführt und ohne zu wanken, haben wir diesseits der Barriere ausgeharrt. Doch jetzt ist Schluß mit dieser Standhaftigkeit! Weg mit dem Brett vorm Kopf!! Wo ist das Astloch, das den Blick auf das grünste Gras jenseits des Zauns freigibt? Und wo das Törchen, das den Zugang gewährt? Wir wollen hinaus oder hinüber! Auf der *anderen Seite* wollen wir uns umsehen.

Ein Problem könnte dem einen oder anderen Leser, bevor er den Schritt über die Schwelle tut, noch klärungsbedürftig erscheinen. Wo genau liegt eigentlich das Weltende im Verhältnis zum Zaun? Dort, wo der Bretterverschlag sich trennend durch den Raum zieht? Oder beginnt es erst dahinter? Die Frage ist wohl scholastischer Natur – ein Scheinproblem, wie sich an einem allerdings interessanten Beispiel leicht zeigen läßt, an dem sogenannten »Perspektiv« oder »Weltende« im Schloßpark von Schwetzingen.

Dieses »Perspektiv«, einst zur Belustigung von Fürsten ersonnen, besteht aus einem Laubengang, der vorne von einem hölzernen Latten-Zaun – mit Törchen! – versperrt wird. Der Betrachter steht vor diesem Gatter, und der schattige Tunnel konzentriert seinen Blick auf eine unregelmäßig ausgebrochene Öffnung in einer Mauer am anderen Ende. Hinter diesem Mittelding zwischen Durchlaß und Guckloch schimmert in hellen Pastelltönen ein Jenseits, eine idyllische Landschaft.

In Schwetzingen kommt also alles zusammen: der Zaun, das Törchen, die Mauer, der Durchblick und eine verheißungsvolle Landschaft – das Weltende, mit allem, was dazugehört. Einfach müßig wäre da die Frage, wo dieses Ende nun anfängt und wo es aufhört. Eines jedoch wird klar: das Weltende gewinnt hier eine dritte Dimension. Nachdem wir das lineare Zaun-Ende abgeschritten haben und am Pol-Ende auf der Stelle traten, betreten wir nun den dreidimensionalen Ende-Raum.

Im Schwetzinger Schloßpark wird dieser Raum von einer Idylle ausgefüllt, angeblich einer Rheinlandschaft vor der Begradigung des Flusses. Aber in den meisten Berichten, die wir bisher kennengelernt haben, war das Ende der Welt von Schrecknissen und Unbilden erfüllt, unter denen Dunkelheit, Einsamkeit, Unüberschaubarkeit und Unzugänglichkeit noch die harmlosesten sind.

Bei Johannes Olorinus fand sich neben dem Zaun auch diese Schreckensvision: Sonne und Mond seien am Ende der Welt »vbern hauffen geworffen / vnd [würden] gantz verschimmelt ligen«. In Schauergefilde gerät auch das kleine Mädchen, das in dem Märchen *Die sieben Raben* seine verwunschenen Brüder sucht: »weit, weit bis an das Ende der Welt. Da kam es an die Sonne, aber die war zu heiß und fürchterlich und fraß die kleinen Kinder. Eilig lief es weg und lief hin zu dem Mond, aber der war gar zu kalt und auch grausig und bös, und als er das Kind merkte, sprach er: ›Ich rieche, rieche Menschenfleisch.‹«

Dem großen Alexander begegnen auf seinen Vorstoßen ans Ende der Welt ebenfalls die ungeheuerlichsten Gefahren – wilde Länder, wilde Tiere und wilde Menschen –, die einen

ganzen Kreis mittelalterlicher Vorstellungen von den »Wundern des Orients« mitgeprägt haben. Dieser Osten war bevölkert von hunds- und vogelköpfigen Menschen und kopflosen Menschen, die ihr Gesicht auf der Brust trugen, von Gegenfüßlern und anderen Ungeheuern.

Im *Elucidarius* schließlich, einer mittelalterlichen Weltkunde, die man dem Honorius Augustodunensis zuschreibt, wird die Hölle selbst an das Weltende verlegt. Hierzu befragt ein »Junger« seinen Meister. »Junger: Wo ist Hell? Meister: Die wir heissen die innern oder nidern Hell / die ist an eim end der Erden / vnd an den Stetten / daß vor Nebel noch Finsternuß nie kein lebendig Mensch dahin kam.«

Aber nicht an allen Weltenden dehnen sich unwirtliche Schauerregionen, in denen Schreckgespenster, Monster und Höllengeister hausen. Es gibt auch wirtliche Weltenden, wo der Reisende es sich wohl sein lassen kann, gastliche Orte, die ihn nicht abweisen, sondern willkommen heißen.

Schon im *Alexanderroman*, dessen Weltenden in ihrer Mehrzahl zu den unwirtlichen gerechnet werden müssen, begegnet uns ein solches gastliches Weltende, das Fitneß-Center der antiken Welt, der Jungbrunnen. Dem König der Makedonen bleibt es allerdings versagt, sich in diesem Jungbrunnen zu verewigen. Er bemerkt gar nicht, daß er ihn erreicht hat, als er auf einer seiner Weltendefahrten an einen »durchsichtigen Quell« gelangt, dessen Wasser »wie ein Blitz leuchtete«.

Nur sein Koch Andreas erkennt, daß hier das Wasser des Lebens fließt. Er soll für Alexander eine Fischmahlzeit herrichten und will zu diesem Zweck einen geräucherten Fisch aus dem Mundvorrat, den der König mit sich führt, in dem durchsichtigen Quell waschen. Aber kaum ist der Fisch mit einigen Tropfen aus dem Wunderquell benetzt, da erwacht er zu neuem Leben und entschlüpft den Händen des Kochs. Der behält das Geheimnis des Quells und einen Vorrat von Lebenswasser für sich. Und wenig später verführt er Alexanders Tochter mit dem Versprechen, er werde ihr von diesem Wasser zu trinken geben, falls sie ihm zu Willen ist. Als Alexander die Sache zu Ohren kommt, verurteilt er – nicht zuletzt aus Zorn darüber, daß ihm das Lebenswasser versagt blieb – seine inzwischen unsterbliche Tochter dazu, als Dämon in der Wüste zu hausen. Den Koch Andreas aber läßt er mit einem Mühlstein um den Hals ins Meer stürzen. »Und auch er wurde ein Dämon und wohnte dort an einer Stelle des Meeres, die nach ihm Andreasmeer [Adriatisches Meer] genannt wird. Solches geschah mit dem Koch und seiner [Alexanders] Tochter. Alexander schloß aus allen diesen Wunderzeichen, daß dort das Ende der Erde ist.«

Seinem königlichen Gebieter hat der selbstsüchtige Koch den Besuch am Jungbrunnen zwar verdorben – aber ein idyllisches Fleckchen Erde ist dieses Weltende auch im *Alexanderroman* schon: »die Luft dort war wohlriechend und sehr angenehm«. In neuerer Zeit tritt nun, wie sich im folgenden zeigen wird, die Unwirtlichkeit des Weltendes immer weiter zurück. Heute findet man die gastfreundlichsten Herbergen, Wirtshäuser, Imbißstuben, Pubs und Clubs am Ende der Welt. Auch ist am modernen Weltende die Fischkochkunst erheblich vervollkommnet worden.

Etwa 25 Kilometer vor Wien, in der Donauebene, dort, wo sich schon ein »pußtahafter Bann« über den ins Unendliche offenen Raum zu breiten scheint, liegt Fischamend. Hier ist, wie der Name schon sagt, die Welt der Fische zu Ende. An Fischamend kommt kein Fisch vorbei, denn hier gibt es ein

Spezialitätenrestaurant, das es gerade auf sie abgesehen hat. Ostern 1967 besuchte Theodor W. Adorno diesen Ort, dessen Namen er freilich anders deutet: »Dort, wo die Fischa in die Donau mündet, liegt Fischamend, mit einem berühmten Fischgasthaus, in dem man sich zu Hause fühlt wie nur am Ende der Welt.« Auch für Adorno also ist das Weltende ein Ort des Behagens, eine Gaststätte.

Ich glaube allerdings, daß in Adornos gemütlicher Erwähnung des Gasthauses am Ende der Welt mehr steckt als das Lob auf eine bekömmliche, in angenehmer Atmosphäre eingenommene Mahlzeit. Es verbirgt sich darin eine ironische Erwiderung auf Georg Lukács. Fünf Jahre zuvor hatte dieser ungarische Marxist den Vorwurf erhoben, ein »beträchtlicher Teil der führenden deutschen Intelligenz, darunter auch Adorno«, habe das »›Grand Hotel Abgrund‹ bezogen«. Wie es in diesem Hotel aussieht und zugeht, wußte Lukács (aus eigener Anschauung?) plastisch zu beschreiben: es sei »ein schönes, mit allem Komfort ausgestattetes Hotel am Rande des Abgrunds, des Nichts, der Sinnlosigkeit. Und der tägliche Anblick des Abgrunds, zwischen behaglich genossenen Mahlzeiten und Kunstproduktionen, kann die Freude an diesem raffinierten Komfort nur erhöhen.«

So wirft man Fehdehandschuhe. So bricht man Streit vom Zaun. Aber Adorno bleibt gelassen. Ganz ruhig sieht er zu, wie der Angreifer die lange Straße von Budapest nach Fischamend heraufstürmt. Jetzt ist er am Eingang des Ortes. Adorno blickt hinauf zu der Uhr am alten Marktturm von Fischamend. Zwölf Uhr mittags. Essenszeit. Der Showdown muß verschoben werden. Adorno begibt sich in das Fischrestaurant Merzendorfer. Seinen Gegner läßt er ins Leere laufen, am Flughafen Schwechat vorbei, Richtung Wien, wo die Großen Hotels sind. Von seinem schmackhaften Hecht blau mit

Merzendorfer

Mittagstisch von 11.30 Uhr—14 Uhr
Lunch from 11.30 a. m.—2 p. m.
Dejeuner de 11 h 30 á 14 h

Speisenkarte

Abendtisch von 17.30 Uhr—22 Uhr
Dinner from 5.30 a. m.—10 p. m.
Diner de 17 h 30 á 22 h

Apéritifs

Martini trocken oder süß
Martini dry or sweet
Martini sec ou doux 1/16 l ....

Campari 3,2 cl ....

Barack 2 cl ....

Doornkaat 2 cl ....

Bosn. Slibowitz 2 cl ....

Steinhäger 2 cl ....

Sherry Sandeman dry don. 1/16 l ....

Vorspeisen

Hors d'oeuvre
Hors d'oeuvre

Fischsulz hausgemacht
Fish jelly home-made
Gelée de poison á la maison ....

Thunfisch garniert
Tunny garnished
Thon garni ....

Rollschinken
Ham
Jambon ....

Ungarische Salami
Hungarian salami
Salami de hongroise ....

Suppen

Soups
Soupes

Fischbeuschelsuppe
Austrian soft roe soup
Potage de caitance á la Autrichienne ....

Rindsuppe mit Einlage
Clear soup with filling
Bouillon garni ....

Bouillon mit Ei
Clear soup with egg-yolk
Bouillon au jaune d'oeuf ....

Fische

nach Merzendorfer Art, delikat zubereitet
Merzendorfer Fish specialities
Spécialités de poissons á la Merzendorfer

Schill, blau, mit Sardellenbutter oder Butter und Petersilienkartoffeln
Pike-Perch, boiled, anchrovies butter or butter, parsley potatoes
Sandre, bouillie, beurre d'anchois ou beurre, pommes de terre persillées ....

Hecht, blau, mit Sardellenbutter oder Butter und Petersilienkartoffeln
Pike, boiled, anchovies butter or butter and parsley potatoes
Brochet, bouillie, beurre d,anchois ou beurre, pommes de terre persillées ....

Aal, blau, mit Sardellenbutter oder Butter und Petersilienkartoffeln
Fel, boiled, anchovies butter or butter, parsley potatoes
Anguille, bouillie, beurre d'anchois or beurre, pommes de terre persillées ....

Karpfen, blau, mit Sardellenbutter oder Butter und Petersilienkartoffeln
Carp, boiled, anchovies butter or butter, parsley potatoes
Carpe, bouillie, beurre d'anchois or beurre, pommes de terre persillées ....

Zander gebacken
Perch-Pike, breadcrumbed and fried
Sandre, pané et frit á l'Anglaise ....

Hecht gebacken
Pike, breadcrumbed and fried
Brochet, pané et frit á l'Anglaise ....

Karpfen gebacken
Carp, breadcrumbed and fried
Carpe, pané et frit á l'Anglaise ....

Scholle gebacken
Plaice, breadcrumbed and fried
Carrelet, pané et frit á l'Anglaise ....

Fogosch gebraten mit Sauce Tartare und Petersilienkartoffeln
Fogas, fried sauce tartare, parsley potatoes
Fogás, frit française, sauce tartare, pommes de terre persillées ....

Aal gebraten mit Petersilienkartoffeln
Eel, fried, parsley potatoes
Anguille, frit française, pommes de terre persillées ...

Karpfen gebraten mit Kräuterbutter und Petersilienkartoffeln
Carp, ierfd, herb butter, parsley potatoes
Carpe, frit française, beurre de fines herb, pommes de terre persillées ....

Karpfen serbische Art, Kartoffeln und Knoblauchbutter
Carp Serbian style, potatoes, garlic butter
Carpe Serbois, pommes de terre, beurre à l'ail ......

Fogosch serbische Art, Kartoffeln und Knoblauchbutter
Fogas Serbian style, potatoes, garlic butter
Fogás Serbois, pommes de terre, beurre à l'ail ......

Fogosch am Spieß mit bulgarischem Gemüse und Petersilienkartoffeln
Fogas on spit, vegetables á la Djuvec, parsley potatoes
Fogás en broche, legumes á la Djuvec, pommes de terre persillées ....

Aal in Dillsauce mit Kartoffeln
Eel in dillsauce, potatoes
Anguille sauce á l'aneth, pommes de terre ....

Gedeck mit Gebäck ....

Inklusivpreise

Sardellenbutter und Petersilienkartoffeln sich nach dem Fenster wendend, sieht er ihm zwischen den Vorhängen hindurch ein wenig spöttisch nach. Adorno versteht sich auf Mimikry. Sein Fischgasthaus ist kein Grand Hotel. Das Äußere wirkt bescheiden, die Inneneinrichtung ist gediegen, gut bürgerlich, und den Gerichten fehlt das Extravagante, die scharfe Würze und Farbigkeit der großen Küche. Aber schön ist es hier.

Draußen in der Welt hallt es wider – das Geschmetter des Ungarn löst Echos aus. Die Leute fangen an zu reden, das läßt sich nicht verhindern. Alfred Andersch ergreift das Wort. Er nimmt Adorno in Schutz. Auf den französischen Existenzialismus möge der Vorwurf von Lukács ja vielleicht zutreffen: »Was aber hat das ›Wohnen am Rande des Abgrunds‹ mit Adorno zu tun? Oder vielmehr: kann man heute woanders wohnen, da sich die Abgründe überall öffnen, in Budapest so gut wie in Frankfurt?« Schließlich mache es geradezu die Ehre der Intellektuellen aus, daß sie »zu allen Zeiten am Rande der Abgründe wohnen. Notfalls sogar in Grand Hotels, falls es dort keine geeigneteren Unterkünfte gibt.«

Seltsam! Genau wie Lukács, den er doch attackiert, hat auch Alfred Andersch irgendwelche Vorbehalte gegen Grand Hotels. Nur als Notunterkünfte will er sie gelten lassen. Aber, wie dem auch sei – unter die bedeutenden gastlichen Weltenden müssen wir nicht nur das Fischgasthaus an der Donau, sondern auch das »Grand Hotel Abgrund« rechnen. Nirgendwo sonst sind Luxus und Komfort so nah an die Unwirtlichkeit herangerückt wie in diesem mondänen Schwalbennest über dem Schlund der Weltgeschichte.

Es ist ja auch nicht nur das sybaritische Leben westdeutscher Komfort-Marxisten, das Lukács' Entrüstung hervorruft. Ihn hat auch das Grauen angesichts des Abgrunds selbst gepackt, die Angst, den festen Boden einmal gewonnener theoretischer Grundüberzeugungen unter den Füßen zu verlieren. Ihn schwindelt über der Tiefe. Es bemächtigt sich seiner eine tiefe Verstimmung über den Leichtsinn derer, die sich ausgerechnet in dieser Schreckensregion niederlassen, eine Unruhe, wie sie den ergreift, der sich bei der Abfahrt der Schiffe ferngehalten hat und nun vom sicheren Ufer aus zusieht, daß sie, ohne Schiffbruch zu erleiden, die geschützten Küstengewässer verlassen und aufs Weltmeer hinaussteuern. »Nec plus ultra«, ruft ihnen der Verfasser von *Geschichte und Klassenbewußtsein* zu, »ihr habt die Herkulessäulen des Ästhetizismus längst überschritten«, und predigt eigentlich nichts anderes als jenes Schrankenbewußtsein, das wir aus dem *Alexanderroman* bereits kennen.

Flüchtige Gäste

Was hat am Ende dem Ende der Welt seinen Schrecken genommen? Wie konnte es für viele, nicht für alle – man denke an Lukács –, zu einer Gast- und Vergnügungsstätte werden? Die fast vollständige Erschließung der Erde vermag diesen Wandel nicht hinreichend zu erklären. Gewiß, die Reisen der Entdecker und Pioniere haben dem irdischen Raum viel von seiner Unheimlichkeit genommen. Die Zahl jener Menschen, die sich überall auf der Welt zu Hause fühlen, nimmt seit 1492 stetig zu. Die Eroberung der Weiten, Höhen und Tiefen durch Forschungsreisende, Bergsteiger, Tiefseeforscher und Ballonfahrer hat die Gefahren, die an den Rändern der bekannten Welt lauern, eingeschränkt und in mancher Hinsicht berechenbar gemacht.

Aber diese Prozesse waren nicht nur dazu angetan, dem Weltende seinen Schrecken zu nehmen. Sie hätten das Weltende ebensogut ganz zum Verschwinden bringen können. Man sollte doch erwarten, daß auf einer nachweislich und erfahrbar runden Erdkugel kein Platz für die Vorstellung von einem Weltende bleibt, daß sie gegenstandslos wird und verdunstet. Merkwürdigerweise ist dies jedoch nicht geschehen. Das Weltende hat sich gewandelt, aber es ist in unseren Vorstellungen so lebendig wie eh und je. Warum?

Ich vermute, es hat mit den Enttäuschungen zu tun, die die Entdeckung der Welt den erwartungsfroh gestimmten Weltenfahrern bereitete. Denn mit der Erschließung des Erdenrunds verschwand mehr als nur ein Stück Bedrohlichkeit, Abenteuer, Gefahrenkitzel. Die Entdeckung der Rundheit des Erdballs war zugleich die Entdeckung seiner Endlosigkeit und seiner Ausweglosigkeit. Ernüchterung griff um sich. Eine der elementaren Voraussetzungen für das Reisen war plötzlich ins Wanken geraten. Wer zu einer Reise aufbricht, will auch ankommen. Und ebendiese Ankunft an einem Ort, der mehr als eine Zwischenstation ist, war auf der runden Welt in Frage gestellt. Deshalb will sich bis heute wirkliche Zufriedenheit mit der Rundheit der Welt bei vielen nicht einstellen. Ludwig Wittgenstein steht in der Literatur ziemlich allein da, wenn er sagt: »*We are satisfied that the world is round.*«

Nein, die endlos runde Welt ist vielen eine Kugel des Anstoßes. »Rund um die Welt!« schreibt schon Herman Melville in *Moby Dick*: »Darin liegt viel, was stolze Empfindungen in uns wecken kann, aber wohin führt all diese Weltumsegelung? Durch zahllose Gefahren nur wieder zurück zu dem Punkt, von dem wir ausgefahren sind, wo diejenigen, die wir geborgen zurückgelassen haben, die ganze Zeit über geblieben sind.« Die Kugelgestalt der Erde macht das Reisen zur sinnlosen Irrfahrt. Gerade diese Kugelgestalt, die endlos in sich zurückreichende Krümmung, tut der Weite und Unermeßlichkeit Abbruch. Rundheit und Weite der Welt schließen einander letzten Endes aus.

In einer seiner frühen Erzählungen läßt Arno Schmidt seinen mit der Vermessung einer Wüste beschäftigten Geographen Philostratos sagen: »Ich habe früher einmal zu Eratosthenes geäußert: Das Kennzeichen des Geistes ist, daß er die Unendlichkeit will; nun sei die Scheibe unendlicher als die Kugel, also müsse die Erde eine Scheibe sein. Und fügte ungeduldig hinzu, ob er nicht mitfühle, wie fürchterlich es wäre, wenn man eine Kugeloberfläche einmal fertig entdeckt hätte?«

Am deutlichsten hat schließlich Alfred Andersch die Unzufriedenheit mit der runden Erde artikuliert. »Jedesmal«, so läßt er eine seiner Romanfiguren sinnieren, »wenn er sich den Ball imaginierte, langweilte er sich; er ist eine vorgetäuschte Unendlichkeit, dachte er; weil die Kugel keine Ränder besitzt, kommt man immer wieder dort an, wo man begonnen hat. Weil die Erde eine Kugel ist, reise ich nicht gerne. ... Reisen hätte Sinn, wenn man irgendwo einmal dorthin käme, wo die Erde zu Ende ist.« Lohnend ist das Reisen eben nur, wenn Ankunft möglich ist, und die definitive Ankunft gibt es einzig und allein am Ende der Welt.

Nicht nur Andersch findet das. Die Unzufriedenheit mit dem endelosen Erdenrund ist weit verbreitet. Auch ganz unsentimentale Zeitgenossen entwickeln zuweilen eine intensive Sehnsucht nach diesem Ort weit hinten im Wunschraum, jenseits des Horizonts, wo es nicht »immer so weiter geht«. Aber wenn in der modernen, zu Ende entdeckten Welt keine Aussicht besteht, das Ende der Welt zu finden, dann besteht immer noch die Möglichkeit, es zu erfinden. Man kann es erbauen. Zwei Dinge – das ergibt sich aus der Anatomie der Sehnsucht nach dem Weltende – muß dieser Bau vor allem besitzen: eine Anlegestelle und eine Restauration.

Auf diesem Gebiet haben die Engländer wirkliche Pionierarbeit geleistet. Im 19. Jahrhundert haben sie eine spezielle Weltende-Architektur entwickelt, die den genannten Anforderungen voll und ganz gerecht wird. Im Jahre 1823 errichtete Captain Samuel Brown im Seebad Brighton den »Chain Pier«, den ersten Pier in England, der nicht nur als Landungsbrücke für große Schiffe diente, sondern zugleich auch Seepromenade und Vergnügungsstätte für die Sommergäste war. 1896 wurde dieses Bauwerk abgerissen. An seine Stelle ist die berühmteste

Promenade dieser Art, der 1899 vollendete »Palace Pier«, getreten.

Dieses Meisterwerk der viktorianischen Eisenbaukunst reicht auf 28 im Meeresboden verankerten, gußeisernen Stützen 521 Meter weit ins Meer. Der überall mindestens 15 Meter breite Steg ragt bei Flut sechs Meter, bei Ebbe zwölf Meter über den Wasserspiegel hinaus.

Man hat die Architekturform des Piers, der man an vielen Küsten begegnet, mit einem Schiffsdeck, einem fest am Land vertäuten Vergnügungsdampfer verglichen. Aber sein eigentlicher Reiz besteht darin, daß man hier trockenen Fußes ein Stück weit über das Weltende, das von der Küstenlinie markiert wird, hinaus aufs offene Meer spazieren kann. Und am Ende des Piers, hinter dem Weltende, liegt ein Lokal. In Brighton sogar mehrere. Heute ist dieser Lustort ein privates Unternehmen mit 40 kleinen Geschäften, das je nach Saison zwischen 50 und 100 Angestellte beschäftigt. Viermal weitet sich der Steg zu Plattformen, auf denen ein Spiel-Casino mit Namen »Palace of Fun«, mehrere Schaubuden, ein Restaurant mit »Victoria-Bar«, das »Pavillon«-Theater und verschiedene Kioske stehen.

Der Palace Pier ist nicht das einzige wirtliche Weltende in England. Schon im mittelalterlichen London führte die »World's End Passage« von der Themse zum »World's End Inn« an der Kings Road, einem während der Regierungszeit Karls II. sehr bekannten Gasthof, dessen Name wahrscheinlich darauf zurückgeht, daß er damals weit außerhalb des Dorfes Chelsea lag. Und auch »Land's End«, der am weitesten in den Atlantik vorgeschobene Südzipfel Cornwalls, ist ein äußerst gastliches Plätzchen. Auf diesem 1,2 Quadratkilometer großen baumlosen, felsigen Weltende, das übrigens im Jahre 1981 von seinem Besitzer Charles Neave-Hill für minde-

stens eine Million Pfund zum Verkauf angeboten wurde, erheben sich drei Gebäude, und allesamt stehen sie im Dienste der Gastlichkeit: die erste und die letzte Kneipe des Vereinigten Königreichs, das erste und das letzte Hotel und schließlich das erste und das letzte Haus, eine Eisbude.

Die Briten verfügen eben über ein außerordentliches Gespür für das Weltende. Speist sich nicht auch ihre Zufriedenheit mit der wunderbaren Abgeschiedenheit, der splendiden Isolation ihrer Insel aus der Vorstellung, daß dieser meerumwogte Vorposten des europäischen Kontinents zugleich sein letztes Ende und deshalb ein besonders behaglicher Ort ist?

Ein anderes gastliches Weltende, das zwar nicht in England liegt, immerhin aber einen englischen Namen trägt, soll hier nicht unerwähnt bleiben. Anzugeben, wo dieses Weltende liegt, ist deshalb schwierig, weil es weder im Meeres- noch im Erdboden verankert ist, sondern unfest und je nach Lage der Dinge seine Lage im Raum verändert. So jedenfalls lautet die erstaunliche Kunde, die mir ein Reisender aus dem Morgenlande zugetragen hat. Ihn verschlug es auf einer seiner vielen Fahrten auch einmal nach Elat, in die an der äußersten Südspitze Israels gelegene Hafenstadt am Roten Meer. Das war im Sommer des Jahres 1967. Als die Nacht kam, erkundigte er sich nach einer Bleibe, und die freundlichen Leute von Elat wiesen ihm den Weg zum »End of the World's Club«. Nach längerem Herumirren, am Ende eines heißen Sommertages stand er wirklich vor dem »End of the World's Club«. Doch das Etablissement war geschlossen. An der Tür hing ein Schild: We have moved down to Sharm el Sheikh.

Damit hatte es aber die folgende Bewandtnis. Der sogenannte Sechs-Tage-Krieg zwischen Israel und den arabischen

Staaten war gerade vorüber. Israel hatte im Verlauf dieses Krieges die gesamte Sinai-Halbinsel besetzt, so daß sich das israelische Weltende mit einem Schlag ein gutes Stück weiter nach Süden verlagert hatte. Der Club von Elat war seinem Namen treu geblieben und nach Sharm el Sheikh an der Südspitze der Sinai-Halbinsel umgezogen. Der Reisende ließ sich davon nicht entmutigen. Er wanderte munter bis zu dem allerletzten Landzipfel des Sinai und ließ sich dort, am Kap Râs Muhammad, in dem neu eingerichteten »End of the World's Club«, für die erlittenen Strapazen mit allem verwöhnen, was das Land an Genüssen zu bieten hatte.

Was sich die Menschen und ganze Gesellschaften erhoffen und erträumen, was ihnen für den Augenblick unerreichbar ist, das siedeln sie – näher oder ferner – in Räumen an. Entweder im geographischen Raum oder im Zeit-Raum, hinter dem Horizont oder in der Zukunft. Beide, der »Wunschraum« und die »Wunschzeit«, sind nicht für immer und ewig unzugänglich. Der Fortschritt führt hin. Diesen Fortschritt denken wir uns gewöhnlich als Bewegung in der Zeit, hin zu einer besseren, glücklicheren Zukunft. Aber was geschieht mit dem Fortschritt, wenn die Wunschzeit knapp zu werden beginnt?

Vielen scheint die Zukunft heute vor allem Gefahr, Verhängnis, Bedrohung zu verheißen. Umweltschutzberichte und Rüstungsstatistiken halten schlechte Nachrichten bereit und verheißen noch schlechtere: Zuspitzung von Krisen, Problemmaximierungen, am Ende den Weltuntergang selbst. Wo aber der Weltuntergang droht und das zeitliche Weltende nahe scheint, da kippt der Fortschritt und wechselt die Dimension. Aus der zeitlichen Sphäre kehrt er in die räumliche zurück, aus der er als Metapher ja stammt. Er sucht das Weite und sieht zu, daß er fortkommt. An die Stelle von Zukunftshoffnungen treten Fernphantasien. Je finsterer die Zukunftsaussichten, desto leuchtender locken wieder die fernen Räume. Neuseeland, Wunschziel vieler »Paranoia-Emigranten« (Udo Lindenberg), wirbt mit dem Slogan: »Am schönsten Ende der Welt«.

Die gastlichen Weltenden, die wir bisher aufgesucht haben, waren lockende Orte, Lokalitäten, die man wegen ihrer Reize, wegen der Genüsse und des Kitzels aufsucht, die sie verheißen. Es gibt aber auch Weltenden, zu denen es die Menschen nicht aus Neugier, aus der Lust am Abenteuer oder am Luxus treibt, sondern weil sie keine andere Wahl haben. Durchaus ungemütlich kann es an einem solchen Weltende sein, und dennoch ist es eine gastliche Stätte. Es ist das Weltende, das als Zuflucht, als Ort der letzten Rettung dient.

Das stärkste Argument von Arno Schmidts antikem Geographen gegen die Rundheit der Erde lautet: »... wo soll man denn hinfliehen, wenn die Erde eine Kugel ist? Daß man endlich einmal kein Menschengesicht mehr entsetzt anstarren muß ... Könnten sich dann [falls die Erde doch eine Kugel sein sollte] nicht von allen runden Seiten die geschäftigen Haufen händereibend näher drängen; und flüchtete man bis zum Pol, sie würden auch diese letzte Wölbung erwimmeln ...«

Einsamkeit für Solipsisten bietet aber nicht nur die unendliche Weltscheibe, die sich Philostratos wünscht. Ein anderes Finale hat Arno Schmidt in seiner utopischen Erzählung *Schwarze Spiegel* inszeniert. Sie erschien 1951 und spielt zunächst 1960, fünf Jahre nach einem Atomkrieg. Ihr Protagonist hält sich für den einzigen Überlebenden: »Ich! Das Wort ›man‹ kann ich eigentlich aus der Sprache streichen.« Als Jäger und Sammler schlägt er sich durch die niedersächsische Provinz, eine menschenleere Restwelt. Ihm ist es gerade recht

so: »Seit fünf Jahren hatte ich keinen Menschen mehr gesehen, und war nicht böse darüber.« – »... bloß gut, daß Alles ein Ende hat!« – »... ach, es war doch gut, daß Alle weg waren ...« Kurzum: Wenn die Welt im Arsch ist, wird der Arsch der Welt zu einem Ort, wo man es aushalten kann.

Die Flucht vor dem Ende der Welt ans Ende der Welt ist auch das eigentliche Thema von Ray Bradburys Roman *Fahrenheit 451*, den François Truffaut verfilmt hat. Bei 451 Grad Fahrenheit (232° Celsius) fängt Bücherpapier Feuer. Die Feuerwehr ist in dieser Welt dazu da, bedrucktes Papier, Bücher, Bibliotheken aufzuspüren und zu verbrennen. Aber während sie die Bücherwelt in Asche legt, geht diese buchstabenfeindliche Welt der Fernsehgleichschaltung selbst in einem interkontinentalen Krieg unter. Der abtrünnige Bücherverbrenner Montag flieht »ans Ende der Gleise«. »Er flüchtete aus einer Unwirklichkeit, die beängstigend war, in eine Wirklichkeit hinein, die etwas Unwirkliches hatte, weil sie neu war.« Er gelangt zu den Büchermenschen, die ihn gastlich aufnehmen. An offenen Feuern hocken sie da und rezitieren und überliefern den Jüngeren die Texte, die sie in ihrem Gedächtnis an das Ende der Welt gerettet haben – eine rauhe, aber nicht unwirtliche Zuflucht.

Virginia und Venusberg

Die Weltenden, die wir bisher in Augenschein genommen haben, lagen weit draußen, hinter dem Horizont, an den Rändern der Welt, an der Peripherie des Gesichtskreises. Vom Nabel der Welt waren sie denkbar weit entfernt. Aber nicht nur im äußersten Außen, auch in der Mitte, im Inneren der Inseln und Kontinente gibt es Endpunkte, letzte Grenzen, Weltendelandschaften. Und diese Regionen weisen ebenjene Merkmale auf, die auch anderswo das Weltende kennzeichnen – eine Unzugänglichkeit, die zum Vordringen lockt, Finsternis, Stille, Wildnis oder Idylle, Unwirtlichkeit oder Gastlichkeit.

Tiefe Enttäuschung befällt den Maler Emil Nolde, als er während seiner Südseereise in den Jahren von 1913 bis 1918 wegen einer Tropenkrankheit nicht an einem Vorstoß ins Innere Neuguineas teilnehmen kann. Und da er sich den Wunsch nicht erfüllen kann, tritt ihm der Traum davon um so plastischer vor Augen: »Wir wären so gern in dieses wilde, absolute Urgebiet gereist, mit seinen Wäldern, seinen Urmenschen und – allem, was noch keiner wußte. Neuguinea war die verheißungsvolle Fundgrube der Forscher. Die Paradiesvögel hatten hier ihre Heimat. Die Paradiesvogeljäger waren die wilden Romantiker, oft mit ihrem Leben es zahlend. Und das sagenhafte Lispeln von Gold und Goldadern im innersten Inneren wartete sehnlichst auf seine Bestätigung.«

Hier lockt nicht der Rand. Hier lockt die Mitte. Auch diese Mitte würde, einmal erreicht, definitive Ankunft gewähren. Sie wäre ein Endpunkt und gewiß kein ärmlicher, wie der Pol,

sondern einer, der nach den Wonnen des Abenteuers üppige Fülle verspricht.

Nach einem Dschungel-Weltende ist auch der junge Kapitän Marlow in Joseph Conrads Erzählung *Das Herz der Finsternis* unterwegs. Nicht gerade Sehnsucht, aber doch Neugier, Verlangen nach dem Unbekannten und außerdem ein offizieller Auftrag locken ihn in die Tropenwälder. Für eine belgische Handelsgesellschaft fährt Marlow auf einem alten Flußdampfer den großen Strom hinauf, der Mitte entgegen. Er soll den »Leiter der Station im Inneren«, den Elfenbeinagenten Kurtz, aufsuchen und ihm, falls nötig, Unterstützung bringen. Über diesen Kurtz sind nur seltsame Gerüchte in Umlauf. Marlow tappt im dunkeln. »Was war dort im Innern? Ich sah, daß ein wenig Elfenbein daraus hervorkam, und ich hatte gehört, Herr Kurtz weile ebenfalls dort.«

Der junge Kapitän dringt in den Bezirk vor, wo Kurtz angeblich mit gewaltigem Erfolg für das Wohl seiner Firma arbeitet. In Wirklichkeit hat er sich dort, am Ende der Welt, zum Tyrannen über die Eingeborenen aufgeworfen und führt ein von namenlosen Ausschweifungen erfülltes Leben. Aber nun hat ihn das Fieber gepackt. Marlow bringt ihn auf seinen Dampfer und will ihn zurück an die Küste schaffen. Doch Kurtz stirbt unterwegs, und seine reichen Erkenntnisse vom innersten Ende der Welt, all die »Einzelheiten der Begierde, Versuchung und Hingabe während jenes höchsten Augenblickes erfüllten Wissens«, nimmt er mit in den Tod. Immerhin dringen seine letzten Worte bis zu uns. Sie scheinen von dem bedrohlichsten Weltende zu künden, dem wir in unserer Untersuchung begegnet sind: »Das Grauen! Das Grauen!«

Aber auch wenn Kurtz und Joseph Conrad die Details jener orgiastischen Zeremonien im innersten Inneren nicht preisgeben, muß unsere Neugier, was es mit diesem Ende der Welt auf sich habe, nicht ungestillt bleiben. In dem vom Zwielicht solcher Rätsel nur unzureichend erhellten Gestrüpp des Kongogebietes sprudeln und gluckern auch andere Informationsquellen – und ergiebiger als die Literatur selbst gluckkert, wie so oft, die Sekundärliteratur. Nichts läßt sie ungesagt. Jenes Grauen vor der Mitte schreckt sie ganz und gar nicht. Und auf die Frage, welche Bewandtnis es mit dieser Mitte hat, welchem Ziel Marlow auf seinem Dampfer entgegenfährt, hält sie eine überraschende Antwort bereit.

Daß der Kapitän einfach nach dem geographischen Zentrum eines Erdteils unterwegs sei, wäre ja auch allzu simpel, geradezu enttäuschend und ohne jeden Reiz. Nein, im tiefsten Grunde, so behauptet die Sekundärliteratur, strebe Marlow einem Körperteil zu, einem ganz bestimmten, von vielerlei Geheimnissen umlagerten Organ. Sie scheut sich auch nicht, den Namen dieses Organs auszusprechen, und der Titel, den Conrad seiner Erzählung gab, liefert ihr den entscheidenden Anstoß. Das Herz sei Marlows Ziel, das »Herz des Schwarzen Kontinents«.

Manchem, der dem Gang der Untersuchung bis hierher mit Spannung gefolgt ist, wird diese etwas schlaffe Hypothese ein wenig ernüchtern. Aber eine gewisse Fruchtbarkeit läßt sich ihr nicht absprechen. In der Reise an das innere Ende der Welt erblickt sie eine Herzensangelegenheit. Marlow scheint bestrebt, das Herz Afrikas zu erobern, so wie es vor ihm Kurtz gewonnen hat. Womöglich will der junge Kapitän dem alternden Elfenbeinagenten in heimlicher Rivalität den Platz im Herzen des Kontinents streitig machen.

Betrachtet man indessen die organische Beschaffenheit des Herzens genauer, so ergibt sich ein grundsätzlicher Einwand gegen eine solche Deutung. Könnte dieser Kurtz sein unseliges

Regiment denn überhaupt in jenem gleichnisschwangeren Organ etablieren, in dem die Dichter seit jeher die edelsten Regungen des Menschen, Mut und Großmut, Tapferkeit und Beherztheit, angesiedelt haben? Gewiß, Joseph Conrad selbst hat das Herz ins Spiel gebracht. Und wer genau nachzählt, kann das Wort »Herz« im Text seiner Geschichte zweiundzwanzigmal finden und außerdem einmal in ihrem Titel.

Aber muß man denn einfach für bare Münze nehmen, was der Autor sagt? Gerade die Ausdeuter der Literatur geben sich doch auch sonst nicht mit dem zufrieden, was auf dem Papier geschrieben steht. Gerade sie hätten es als eine Herausforderung auffassen müssen, daß sich ein stil- und zielsicherer Schriftsteller wie Joseph Conrad metaphorisch derart vergreift und ein Gleichnis verwendet, das bei näherem Zusehen ganz harmlos und unkräftig wirkt. Aber nein! Hier, wo sich ihnen wirklich einmal eine Aufgabe stellt, halten sie sich an den schlichten Wortlaut und greifen bei der Bestimmung des Ziels von Marlows Vorstoß ins Innere zum Nächstliegenden, zum Herzen. Damit haben sie jedoch, wie mir scheint, zu hoch gegriffen. Ich glaube, ihre Deutung muß tiefer ansetzen.

Joseph Conrad selbst gibt hierzu einen Fingerzeig. In seiner Autobiographie hat er geschildert, wie das Verlangen, die intakten, unberührten Regionen der Welt zu erkunden und zu durchforschen, in jungen Jahren bei ihm Gestalt annahm: »Als ich im Alter von ungefähr neun Jahren eine zeitgenössische Landkarte Afrikas betrachtete, legte ich den Finger auf den weißen Fleck, der damals das ungelöste Rätsel dieses Kontinents darstellte, und versprach mit absoluter Selbstsicherheit und staunenswerter Dreistigkeit, die beide mir heute nicht mehr zur Verfügung stehen: ›*Dort* will ich hin, wenn ich groß bin.‹« Die Flecken von makellosem Weiß im afrikanischen Virginien hatten es Conrad angetan, genau wie dem Helden seiner Geschichte *Das Herz der Finsternis*.

Dieser Marlow nennt mehrere solcher unberührten Punkte auf der Weltkarte – einer sei der Nordpol gewesen, andere hätten in verschiedenen Kontinenten in der Nähe des Äquators gelegen; einige habe er auch schon besucht: »Doch da war noch einer – der größte, der weißeste, sozusagen –, nach dem ich mich besonders sehnte. Freilich war er inzwischen längst kein weißer Fleck mehr. Er hatte sich seit meiner Jugend mit Flüssen und Seen und Namen gefüllt. Er hatte aufgehört, ein leerer Raum köstlicher Geheimnisse zu sein – ein weißer Fleck, über dem ein Junge sich in glorreiche Träume verlieren konnte. Er war zu einem Ort der Finsternis geworden.«

Die Verfinsterung des weißen Flecks in dem Augenblick, da man sich ihm nähert, die Verkehrung von Weiß in Schwarz, von Helligkeit in Dunkelheit, führt ins eigentliche Zentrum von Conrads Geschichte. Weiß bedeutet hier nicht »hell«, »erleuchtet«, »sichtbar«, »erkennbar«, sondern im Gegenteil »dunkel«, »unbekannt« und »undurchdringlich«. Es bedeutet nicht »Wissen«, sondern »Unwissen«. Der weiße Fleck bezeichnet keine Lichtregion – er verbirgt etwas. Was er verbirgt, entdeckt nur der, der ins Dunkel vorstößt. Erkenntnis ist im innersten Ende der Welt von Finsternis umlagert.

Scheinbar nach einem äußeren Randbezirk, in Wirklichkeit aber nach der Mitte und dem Inneren ist auch ein anderer literarischer Reisender unterwegs, Arthur Gordon Pym von der amerikanischen Walfängerinsel Nantucket. Nach vielerlei abenteuerlichen Widrigkeiten – Meuterei, Seesturm, Schiffbruch, Errettung durch ein Forschungsschiff, knappes Entkommen vor den tückischen Bewohnern einer Insel – treibt er schließlich in einem Kanu immer weiter auf das Ende der Welt im Süden zu. Aber keine armselige Achse erwartet ihn dort. Als Punkt wurde der Südpol nämlich erst 1911 entdeckt, während Edgar Allan Poe den *Umständlichen Bericht des Arthur Gordon Pym von Nantucket* schon 1838 veröffentlichte. Damals war der tiefste Süden für die Welt noch etwas Unbekanntes, »eine Region der Novitäten & Wunder«, ein riesiger weißer Fleck am unteren Rand der Landkarte, über den sich auf das phantastischste spekulieren ließ.

Besonders viel Aufsehen erregte im Jahre 1818 und in der Zeit danach die Theorie eines gewissen John Cleves Symmes. Kapitän Symmes behauptete, die Erdkugel sei an den Polen offen, es gebe dort Zugänge ins Innere, zur Hohlwelt. Diese bestehe aus fünf konzentrischen Sphären, deren jede sowohl auf der konkaven wie auf den konvexen Seite bewohnbar sei. Poe hat diese Theorie wahrscheinlich gekannt, wenn nicht aus erster Hand, dann durch den 1820 erschienenen Roman *Symzonia* eines gewissen Adam Seaborn, der die Theorie von Symmes zum Ausgangspunkt für einen utopischen Weltentwurf nahm.

Die Öffnung am Südpol weist, den präzisen Mutmaßungen von Symmes zufolge, einen Durchmesser von sechstausend Meilen auf. Sie ist von einer ringförmigen Eisbarriere umgeben. Innerhalb dieser Barriere ist das Klima jedoch mild, sogar warm. Weil die Pole gegenüber der Sonne geneigt sind, gelangt durch Spiegelung Sonnenlicht auch in die Hohlwelt.

Poes Held Pym hat auf seinem Weg zum Weltende tatsächlich eine Region der Eiseskälte zu überwinden und gelangt danach in ein warmes Meer. Eine kraftvolle Strömung flößt ihn nach Süden, durch Gewässer, deren Hitze »wirklich bemerkenswert« ist. Aber anders als der Verfasser seiner Geschichte weiß Pym nichts von der Theorie des Mister Symmes. Er treibt dem Schlund ins Innere der Erdkugel ahnungslos entgegen. Um so interessanter ist für uns, was er über seine Empfindungen auf dem Weg dorthin zu berichten für wert hält. Robben, Wale und Fische können, der Theorie von Symmes zufolge, ungehindert in diesen Schlund hinabtauchen und von der äußeren Welt in die innere Hohlwelt hinüberwechseln. Wie es jedoch einem Menschen ergeht, der dort hinübergleitet, ist gänzlich ungeklärt.

Pyms Aufzeichnungen legen immerhin die Vermutung nahe, daß dem Menschen bei der Annäherung an dieses Weltende nach und nach die Sinne schwinden. Pym berichtet von einem gänzlichen Mangel an Unruhe in einer Lage, die doch reichlich Anlaß zur Besorgnis bot. Statt dessen habe ihn Sorglosigkeit erfaßt, eine gewisse Leichtigkeit des Seins: »Ich empfand eine Dumpfheit an Leib & Gemüt – eine Traumhaftigkeit der Sinne.« Die allerletzten Umstände seines Übertritts in die andere Welt bleibt er dem Leser jedoch schuldig. Im Augenblick des Eintauchens vergehen ihm die Sinne. Sein Bericht bricht ab mit dem Satz: »Und nun rauschten wir in die Umarmungen des Kataraktes, wo just eine Klamm sich auftat, uns zu empfangen.«

Doch kehren wir von solchen Ausschweifungen nach fernen Mitten – Neuguinea, Kongo, Südpol – noch einmal in unsere eigene, unmittelbare Umgebung zurück: in die Mitte von Mitteleuropa, nach Mitteldeutschland. Hier liegt, in der Nähe von Eisenach, der Venus- oder Hörselberg, in dessen innerer Höhlung Richard Wagner seine Oper *Tannhäuser* beginnen läßt.

Wagners szenische Angaben über das Innere des Venusbergs gehen ins Detail: »Weite Grotte, welche sich im Hintergrunde durch eine Biegung nach rechts wie unabsehbar dahinzieht. Aus einer zerklüfteten Öffnung, durch welche mattes Tageslicht hereinscheint, stürzt sich die ganze Höhe der Grotte entlang ein grünlicher Wasserfall herab, wild über Gestein schäumend; aus dem Becken, welches das Wasser auffängt, fließt nach dem ferneren Hintergrunde der Bach hin, welcher dort sich zu einem See sammelt, in welchem man die Gestalten badender Najaden und an dessen Ufern gelagerte Sirenen gewahrt. Zu beiden Seiten der Grotte Felsvorsprünge von unregelmäßiger Form, mit wunderbaren, korallenartigen tropischen Gewächsen bewachsen.«

In diesem Weltende herrscht Venus, die schmeichelnde Göttin der Liebe, über ein von Lustwesen bevölkertes Reich. »Vor einer nach links aufwärts sich dehnenden Grottenöffnung, aus welcher ein zarter, rosiger Dämmer herausscheint, liegt im Vordergrunde Venus auf einem reichen Lager, vor ihr, das Haupt in ihrem Schoße, die Harfe zur Seite, Tannhäuser halb kniend.«

Dieser Venusberg ist so ganz und gar Raum, daß die Zeit darin stillzustehen scheint, ein konzentriertes Hier. Die Lichtverhältnisse im Inneren unterstreichen diesen Eindruck. Zwar herrscht nicht Urwald-Finsternis, aber das Grottenlicht, der »zarte, rosige Dämmer«, macht die Zeit vergessen. »Die Zeit, die hier ich verweil'«, so singt Tannhäuser, »ich kann sie nicht ermessen. Tage, Monde – gibt's für mich nicht mehr, denn nicht mehr sehe ich die Sonne, nicht mehr des Himmels freundliche Gestirne ...«

Es liegt ein schwermütiges Bedauern in seinen Worten, und Venus, die ihren Liebhaber selbst liebgewonnen hat und nicht mehr missen mag, registriert es sofort. Sie will ihn aus seinen grämlichen Gedanken reißen und fordert ihn auf, in die Saiten seiner Harfe zu greifen, um die Liebe zu besingen. Tannhäuser tut, wie ihm geheißen, aber sein Lied ist zwiespältig: Preislied auf das Weltende der Lust und Vorbereitung der Flucht in den benachbarten deutschen Wald.

> Entzückend sind die Wunder deines Reiches,
> die Zauber aller Wonnen atm' ich hier;
> kein Land der weiten Erde bietet gleiches,
> was sie besitzt, scheint leicht entbehrlich dir.
> Doch ich aus diesen ros'gen Düften
> verlange nach des Waldes Lüften,
> nach unsres Himmels klarem Blau ...

Und schließlich:

> Nie war mein Lieben größer, niemals wahrer
> als jetzt, da ich für ewig dich muß fliehn!

Denn darin unterscheidet sich Wagners *Tannhäuser* von allen Weltende-Geschichten, die wir bisher kennengelernt haben. Immer bestand die Schwierigkeit darin, das Weltende zu erreichen und die Hindernisse auf dem Weg dorthin zu überwinden. Dieses Problem hat Tannhäuser nicht. Wenn der Vorhang sich hebt, ist er längst ans Weltende gelangt und ruht im Schoß der Venus. Nicht am Ende der Opernhandlung, sondern an ihrem Anfang steht dieses Weltende. Und nicht Tannhäusers Eindringen ins Reich der Venus beschäftigt den Komponisten, sondern seine bußfertige Ablösung von diesem lockendsten aller Weltenden.

So gestaltenreich und vielfältig die inneren Weltenden sind, die wir kennengelernt haben, eines haben sie gemeinsam: Gerade diese Enden in der Mitte der Welt verheißen die größten Aufregungen, die ungeheuerlichsten Faszinationen, die fesselndsten Schauer. Die Gefilde im Inneren, die Marlow, Pym und Tannhäuser aufgesucht haben – die Flußwindungen im jungfräulichen Wald, der von Meeresströmungen umrauschte Schlund, der saugend ins Innere zieht, schließlich die Grotte des Venusbergs selbst, ein Magnetberg der Lust – vermögen in dem, der hingelangt, offenbar sehr viel heftigere Gefühlsstürme zu entfesseln als die Mirakel und Abenteuer an den äußeren Grenzen.

Ängstliches Zagen, vorwärtsdrängende Abenteuerlustigkeit, Gefahrenkitzel und Behagen am äußersten Rand oder Abgrund haben wir an den verschiedenen Enden der Welt, je nach dem Grad ihrer Unwirtlichkeit oder Gastlichkeit, immer wieder angetroffen. Aber einem maßlosen Grauen, wie es Kurtz und Marlow im Innersten der Finsternis packt, sind wir dort ebensowenig begegnet wie jener Verwegenheit, mit der Pym sich sehenden Auges in den Schlund zur Hohlwelt hinabreißen läßt, oder jener unbändigen Lust, die es Tannhäuser so schwer macht, sich vom Venusberg loszureißen.

Nach Bielefeld

Auch wir müssen uns von den fernab gelegenen Enden der Welt losreißen. Jedes Buch, auch das schmalste, ist irgendwann einmal zu Ende und entläßt uns in alltägliche Gefilde. »Und treffen wir uns nicht in dieser Welt, so treffen wir uns in Bielefeld«, hatte ein witziger Professor vor seiner Abreise im Gästebuch des »End of the World's Club« notiert. Ja, das wundert uns nach unseren langen Streifzügen nun nicht mehr, daß – aus einem mondänen, diesseitig-irdischen Clubsessel am Ende der Welt betrachtet – auch Bielefeld zu einem Wunschort im Jenseits wird, an dem man platterdings nicht vorbeikommt. Früher hat man etwas Ähnliches auch von Rom behauptet, aber mit weniger Recht und weniger überzeugend. Schon allein der Reim spricht eindeutig für Bielefeld und gegen Rom. Er spricht übrigens auch gegen Weimar, das einst Goethe seinem getreuen Eckermann mit den Worten schmackhaft zu machen versuchte: »... bleiben Sie bei uns, und nicht bloß diesen Winter, wählen Sie Weimar zu Ihrem Wohnort. Es gehen von dort die Tore und Straßen nach allen Enden der Welt.« Aber Eckermann ließ sich hiervon nicht beirren und entschied sich, wie wir alle wissen, für die Stadt am Teutoburger Wald. Und hierhin folgen wir ihm.

Von dem langen Rückweg sind wir hungrig geworden, und es bleibt uns – fern dem Weltende und schon mitten in der Stadt – gar nichts anderes übrig, als in das nächste beste Restaurant einzukehren. Noch tragen wir die Weite der Welt in uns, und die kunstholzgetäfelte Gastlichkeit des Lokals ist eng wie eh und je, aber sie wirkt beklemmender als sonst.

Doch das macht nichts. Es gibt ja den Straßenverkauf. Hier läßt man sich die gebratenen Vögel einpacken und kann sie dann draußen verspeisen, hinter der Hecke, wie Max oder Moritz. Nur ein wenig Geduld ist erforderlich, bis das Hähnchen zerschnitten und die Pommes fritiert sind.

Da fällt unser Blick auf das Heft. Kostenlos liegt es da – *Gut Speisen und Reisen.* »Bitte mitnehmen« steht auf dem Umschlag, und daneben Hinweise auf die wichtigsten Artikel im Inneren: »Eissegeln: Den Wind überholen«, »Für Topfgucker: Leibgerichte«, »Charme im Glas: Cognac« und »*Am Ende der Welt: Australien*«.

Und wirklich – auf Seite zwölf lesen wir: »... Ihre Steaks sind gewaltig, ihr Wein ist vorzüglich – und ihren Abenteuern sind keine Grenzen gesetzt. Australier, aus Europa betrachtet, sind glücklicher. Sie haben ihre einsame Insel am Ende der Welt.«

»Aus Europa betrachtet ...« Ja, so behutsam muß man es wohl ausdrücken. Denn es ist alles eine Frage des Blickwinkels und der Distanz. Das Weltende, von dem wir da lesen, ist nämlich nicht dort, wo Australien ist, sondern hier, wo Australien nicht ist. Dieses Ende der Welt liegt in Bielefeld auf einer Theke, die nun schon zum dritten Mal von einer schwitzenden Küchenhilfe blank gewischt wird. Um dieses Weltende zu entdecken, braucht man nicht den halben Erdball zu umrunden. Das wäre ganz vergeblich. Man würde es bei den Antipoden nicht finden. Die Steaks mögen dort gewaltig sein und der Wein vielleicht auch. Aber das zugehörige Weltende findet man nicht hinter dem Horizont des Indischen Ozeans, sondern in Bielefeld, hinter der nächsten Straßenecke, wo Australien fern und die Brathähnchenstation nah ist.

Kommt da Enttäuschung auf? Beschleicht uns zuletzt noch

Februar 1980
Gut Speisen und Reisen
Das internationale Magazin
für Gastlichkeit und Tourismus
Eissegeln:
Den Wind überholen
Für Topfgucker:
Leibgerichte
Am Ende der Welt:
Australien
Charme im Glas:
Cognac
BITTE MITNEHMEN
Ein kostenloser Service Ihres
Wienerwald-Wirts

Verbitterung, während wir mit den wärmedämmend verpackten Köstlichkeiten den Straßenverkauf verlassen und uns die Frage stellen: Wozu haben wir all diese Reisestrapazen, die Mühen des Suchens und Findens, des Hingelangens und Wiederfortkommens auf uns genommen, wenn wir hier, im »Internationalen Magazin der Wienerwald-Gruppe für Gastlichkeit und Tourismus«, den Australien-Bericht von Helmut Bensberg lesen können?

Nein, dieser Bericht an diesem Ort in dieser Stadt braucht uns nicht zu deprimieren. Denn er verhilft uns zu einer völlig neuen Erfahrung. Zu guter Letzt lernen wir hier noch ein ganz anderes Weltende kennen. Ohne die Fahrten, die wir unternommen haben, hätten wir es wohl einfach nicht bemerkt. Denn wie es mit dem Verreisen so geht – nach der Rückkehr wirken die vertrauten Verhältnisse merkwürdig unvertraut. Wir finden in der Alltäglichkeit Dinge, die wir hier vorher nicht vermutet und nicht gesucht hätten und natürlich auch nie wahrgenommen haben.

Nachdem wir also lange und angestrengt in der äußersten Ferne und im innersten Inneren Ausschau nach dem Ende der Welt gehalten haben, finden wir es nun auch in der nächsten Nähe. Ist denn überall Weltende?

Hier in Bielefeld erfüllt sich, was mit dem ersten Vorstoß ans Weltende unter der Führung Georg Büchmanns schon absehbar war. Damals ging es zwar noch um »geflügelte Worte«, die von Mund zu Mund fliegen. Aber wie weit ist es denn vom geflügelten Wort zum *Locus communis*? Nur ein Schritt – und schon betreten wir das allerletzte Ende der Welt, den Gemeinplatz, das amorphe, kaugummiartige Weltende, das alle Welt im Munde wälzt, das jeder ausspuckt, wo er gerade steht und geht. Der Platz ist übersät davon.

Wie man diesen Chewing-gum typischerweise im Munde

Service bis ans Ende der Welt.
Auch der beste Kopierer ist letztlich nur so gut wie der Service dazu. Rank Xerox bietet deshalb einen beispielhaften Service. Wir sind immer und überall schnell da. In Stadt und Land.
Von Schwierigkeiten lassen wir uns dabei nicht aufhalten. Die sind unser Problem Sie als Kunde brauchen davon nichts zu bemerken. Bemerken werden Sie nur, daß auf unsere 1.400 Service-Techniker Verlaß ist.
Und einer dieser Techniker ist garantiert in Ihrer Nähe. Denn sein Einsatz wird von der nächstgelegenen unserer 34 Niederlassungen gelenkt. So sind wir schnell bei Ihnen. Egal, welche Hürden unsere Techniker nehmen müssen.
Rank Xerox. Wenn Sie für langsamen Service keine Zeit haben.
RANK XEROX®

herumschiebt, demonstriert eine Klientin in Raymond Chandlers Roman *Playback*, die den Privatdetektiv Philip Marlowe um Beistand gegen einen hartnäckigen Verfolger anfleht: »Bringen Sie mich hier weg. Um der Liebe Jesu willen ... Er hat mir geschworen, daß er's mir zeigen würde. Daß er mich verfolgen würde bis ans Ende der Welt, bis zur entlegensten Insel des Pazifik ...« Dem Privatdetektiv mißfällt der Anblick der kaugummikauenden Dame, und sarkastisch führt er ihre Aufzählung von Allerweltsweltenden fort: »Bis auf den Gipfel des höchsten Berges, bis ins Herz der einsamsten Wüste ...« Aber schließlich setzt er dem barocken Gefasel ein Ende mit den Worten: »Da hat aber jemand 'n ziemlich alten Schinken gelesen.« Fürwahr – ein höchst beziehungsreicher Satz, dessen tiefere Bedeutung sich dem gewöhnlichen Chandler-Leser allerdings nicht erschließt, solange er nicht irgendwann einmal auch zu dem Werk des Johannes Olorinus greift.

Völlig amorph ist übrigens auch dieses kommune Weltende nicht. Zwar gerät es dem, der sich darauf beruft, meist fast automatisch und ohne langes Nachdenken in die Rede, aber es bezeichnet oft einen ziemlich genau definierbaren Punkt: den Bewährungspunkt, den Ort, an dem die Ausdauer im Bösen oder im Guten einem Härtetest unterworfen wird. Bei Marlowes Klientin ist es der Haß oder der Rachedurst des Verfolgers, der sich am Weltende bewährt. In anderen Fällen sind es Treue, Anhänglichkeit, Verläßlichkeit oder die Liebe: »Marie aber erklärte, ihm [dem Gebliebten] bis ans Ende der Welt folgen zu wollen.« Oder: »Er hätte mich entführen können, dachte sie, und ich wäre ihm ans Ende der Welt gefolgt.« Und schließlich bewährt sich am Weltende auch Rank Xerox: »Service bis ans Ende der Welt«.

Bis in die entlegensten Regionen dringen die flitzenden

Am Ende von Welt sind es noch drei Kilometer bis Garding.

Wagen im Dienst am Kunden vor. Sie erschließen alles, was einst unzugänglich war, Endach und Endeholz, Endingen und Endorf. Im bretonischen Departement Finistère und am westspanischen Cabo de Finisterre kann man sie genauso sichten wie auf dem »Rim of the World Drive« in Kalifornien, nordöstlich von San Bernardino, oder in Schleswig-Holstein am Ortsausgang von Welt, von wo es noch drei Kilometer bis Garding sind, oder in Ende selbst, dem einst so verwunschenen Städtchen auf der indonesischen Insel Flores.

Hat Edgar Allan Poe also recht, der schon vor hundertfünfzig Jahren Schreibern wie jenem Helmut Bensberg drohte: »Vorbei sind die Tage verlassener Inseln. Wehe dem Defoe, der uns künftig noch von ›unentdeckten Bezirken‹ schwatzen würde«? Gewiß, die weißen Flecken sind von unseren Landkarten verschwunden. Aber gibt es denn auch das Unwegsame nicht mehr? Sind die überwucherten Pfade hinter den Zäunen sämtlich freigeschlagen? Ist jetzt an jedem Weltende ein Photokopiergerät aufgestellt?

Ach, wozu lamentieren! Wozu in Bielefeld? Drüben, auf der anderen Straßenseite, nähern sich Pfadfinder im munteren Trab. Man sieht es ihren fröhlichen Gesichtern an: sie haben etwas gefunden, und nicht bloß auf dem Papier! Diszipliniert und besonnen machen sie an der Fußgängerampel halt, die gerade auf Rot geschaltet hat, und durch den Lärm der vorbeirauschenden Autos dringt ihr Lied herüber:

»Wir wollten mal auf Großfahrt gehn
Bis an das End' der Welt.
Das fanden wir romantisch schön,
Mit Kochgeschirr und Zelt.

Wir kamen bis ans End' der Welt
Vor einen Bretterzaun.
Da trafen wir Kolumbus an,
Der wollte Bretter klau'n.«

Erste Quellen, letzte Enden

Wer Gott vertraut
und Bretter klaut,
der kriegt 'ne bill'ge Laube.

Quelle des Gelächters

»Gegenüber sind die Glücklichen Inseln [die Kanaren] überreich an Früchten, die von selbst entstehen, und da diese immer hintereinander nachwachsen, so ernähren sich die Menschen, ohne sich um etwas kümmern zu müssen – glücklicher als anderswo, etwa in Städten, wo man sorgfältig Ackerbau treibt. Eine dieser Inseln ist hochberühmt wegen der einzigartigen Eigenschaft zweier Quellen: Wer aus der einen kostet, lacht sich zu Tode; für die davon Betroffenen dient als Heilmittel, aus der anderen zu trinken.«

Pomponius Mela, *Kreuzfahrt durch die alte Welt.*
(De chorographia libri tres) Nr. 102, S. 185.

Ultima Thule

»Das äußerste von allen Ländern, das man kennt, ist Thule, wo es zur Sonnenwende, wenn die Sonne durch das Zeichen des Krebses geht, wie wir erwähnt haben, keine Nächte gibt, dagegen nur wenig Tageslicht zur Winterszeit. Einige glauben, dies sei 6 Monate lang hintereinander ohne Unterbrechung der Fall. ... Einige nennen [nördlich Britannien] auch andre Inseln: Scandia, Dumna, Bergi und als größte von allen Berrice [Mainland?], von wo man nach Thule zu segeln pflegt. Einen Tag Seefahrt von Thule entfernt soll das Geronnene Meer liegen, das von einigen Kronosmeer genannt wird.«

Plinius der Ältere, *Historia Naturalis*, IV, 104.
Zit. n. Richard Hennig (Hrsg.),
Terrae Incognitae, Bd. 1, S. 155 f.

Pytheas-Lügenmaul

»Pytheas, der von Thule erzählt, ist als ganz großes Lügenmaul entlarvt worden. Diejenigen, die Britannien und Irland gesehen haben, wissen nämlich nichts von Thule, obwohl sie doch die andern Inseln bei Britannien mit Namen nennen. ... Was er über die Ötimier [Östrymnier] und die Länder jenseits des Rheins bis zu den skythischen Ländern erzählt, ist alles erlogen.«

Strabo, *Geographica*, I, 63
Zit. n. Richard Hennig (Hrsg.),
Terrae Incognitae, Bd. 1, S. 156.

allerhand getöne

»Darnach furend sy furbas uff dem mer. Und do kam ain groß wind; der traib sy das mer gar verre am aine statt. Da was das mer gar dinne und an menigen enden gar trucken; und sachend nid den himel und truckene des meres. Und do horten sy ain groß gebrächte und getöwe von lutten und von viche. Sy horten allerhand getöwe, das in der welt mag gesin. Sy horten glocken lutten, meß singen, viche ußtryben, tantzen, springen, hoffieren, wainen und clagen, lachen und pfiffen, trummeten, herhorn, pfärd, kue, ochsen, fercher, schwin. Sy horten allerhand getöne. Das hatte sant Brande groß wunder, wann sy sachen och nicht den ytel waßer und horten doch das getöwe. Do sprach sant Brande: Das ist ain groß wunder, das uns so nache hilt und wir sin doch nit mugen gesechen. ... Do sy nun söllich groß geschray hatten und rufften, do kam bald ain gezwerg usser ainem wald gegangen. ... Do sait in das gezwerg, das die wölt do ain

FRANCISCI
DE VERULAMIO,
Summi Angliæ
CANCELLARIJ,
Instauratio
magna.
Multi pertransibunt & augebitur scientia.
LONDINI
Apud Joannem Billium
Typographum
Regium.
Anno
1620

ende hett, und das getöwe, das sy horten oder gehört hetten, das wär under der erden.«

Gerhard E. Sollbach (Hrsg.),
St. Brandans wundersame Seefahrt, S. 178ff.

Spindel der Notwendigkeit

»Nachdem aber jedesmal denen auf der Wiese [den abgeschiedenen Seelen] sieben Tage verstrichen, müßten sie am achten aufbrechen und wandern und kämen den vierten Tag dorthin, wo man von oben herab ein gerades Licht wie eine Säule über den ganzen Himmel und die Erde verbreitet sehe, am meisten dem Regenbogen vergleichbar, aber glänzender und reiner. In dieses kämen sie, eine Tagesreise weiter gegangen, hinein und sähen dort mitten in dem Lichte vom Himmel her seine Enden an diesen Bändern ausgespannt; denn dieses Licht sei das Band des Himmels, welches wie die Streben an den großen Schiffen den ganzen Umfang zusammenhält. An diesen Enden aber sei die Spindel der Notwendigkeit befestigt, vermittels deren alle Sphären in Umschwung gesetzt werden. ... Gedreht aber werde die Spindel im Schoße der Notwendigkeit. Auf den Kreisen derselben säßen oben auf jeglichem eine mitumschwingende Sirene, eine Stimme von sich gebend, jede immer den nämlichen Ton, aus allen achten aber insgesamt klänge dann ein Wohllaut zusammen.«

Platon, *Der Staat*, 10. Buch, 616b, 617b , S. 306f.

Der Rand vom Nichts

»Der Boden steigt an, bis der Kamm erreicht ist. Er hat niemals die See gesehen, und so denkt er: Es ist wie der Rand vom Nichts. Wie wenn ich, nachdem ich einmal darüber hinaus bin, einfach weiterreiten würde in das Nichts. Wo die Bäume anders aussehen und anders heißen würden wie Bäume, und wo die Leute anders aussehen und anders heißen würden wie Menschen. Und dort wäre es nicht so, daß Byron Bunch nur entweder Byron Bunch sein kann oder nicht. Byron Bunch und sein Maultier würden so rasch fallen, daß gar nichts von ihnen übrig bleibt: sie würden Feuer fangen, so wie der Reverend Hightower von den Steinbrocken erzählt, die so rasch durch den Weltraum sausen, daß sie Feuer fangen und verbrennen, bis nicht einmal mehr Asche da ist, die auf die Erde fallen kann.«

William Faulkner, *Licht im August*, S. 306.

Arsch der Welt

Eine merkwürdige etymologische Spekulation über das Wort »Arktis« wurde mir von einem Freund mitgeteilt. Dessen Großvater bediente sich, um sehr niedrige Außen- und Innentemperaturen zu beschreiben, mit einer gewissen Vorliebe des Adjektivs »arschkalt« – zum Entsetzen der Großmutter. Um die Wirkung dieses Grobianismus herabzumindern, fügte der Großvater oft hinzu, wer partout wolle, könne ja auch eine rheinische Version von »arg kalt« heraushören. Schließlich sei auch das vermeintliche Fremdwort »Arktis« das Ergebnis einer ähnlichen Glättung. Und tatsächlich vermochte der Großvater, wenn man ihn danach fragte, »Arktis« über verschlungene Ableitungen, an die sich mein Freund im einzelnen nicht erinnert, zurückzuverfolgen bis zu dem Ausdruck »Arsch der Welt«.

Mündlich.

Im Schrank

»Mein Logis gewährte eine herrliche Aussicht nach dem Rammelsberg. Es war ein schöner Abend. Die Nacht jagte auf ihrem schwarzen Rosse, und die langen Mähnen flatterten im Winde. Ich stand am Fenster und betrachtete den Mond. Gibt es wirklich einen Mann im Monde? Die Slawen sagen, er heiße Chlotar, und das Wachsen des Mondes bewirke er durch Wasseraufgießen. Als ich noch klein war, hatte ich gehört, der Mond sei eine Frucht, die, wenn sie reif geworden, vom lieben Gott abgepflückt und zu den übrigen Vollmonden in den großen Schrank gelegt werde, der am Ende der Welt steht, wo sie mit Brettern zugenagelt ist. Als ich größer wurde, bemerkte ich, daß die Welt nicht so eng begrenzt ist und daß der menschliche Geist die hölzernen Schranken durchbrochen und mit einem riesigen Petrischlüssel, mit der Idee der Unsterblichkeit, alle sieben Himmel aufgeschlossen hat. Unsterblichkeit! schöner Gedanke! wer hat dich zuerst erdacht? War es ein Nürnberger Spießbürger, der, mit weißer Nachtmütze auf dem Kopfe und weißer Tonpfeife im Maule, am lauen Sommerabend vor seiner Haustüre saß und recht behaglich meinte, es wäre doch hübsch, wenn er nun so immer fort, ohne daß sein Pfeifchen und sein Lebensatemchen ausgingen, in die liebe Ewigkeit hineinvegetieren könnte! Oder war es ein junger Liebender, der in den Armen seiner Geliebten jenen Unsterblichkeitsgedanken dachte, und ihn dachte, weil er ihn fühlte und weil er nichts anders fühlen und denken konnte! – Liebe! Unsterblichkeit! – in meiner Brust ward es plötzlich so heiß, daß ich glaubte, die Geographen hätten den Äquator verlegt und er laufe jetzt gerade durch mein Herz.«

Heinrich Heine, *Reisebilder. Erster Teil. Die Harzreise 1824*, S. 40/41 bzw. S. 39014/15.

In Wien

»Das für den geringsten Tratsch Unzulängliche, hier wird es Ereigniß. Hier, nämlich in Wien. Wir sind über die Weltanschauung der Bezirke noch immer nicht hinausgekommen. Unsere Gasse ist am Ende mit Brettern vernagelt, just als ob sie eine Welt wäre. Wir stehen noch immer auf dem Nachbarsstandpunkt und kehren angelegentlichst vor der Thür unseres Allernächsten.«

Karl Kraus, *Frühe Schriften 1892–1900.*

In der hohlen Gasse

»... Hier geht
Der sorgenvolle Kaufmann und der leicht
Geschürzte Pilger – der andächt'ge Mönch,
Der düstre Räuber und der heitre Spielmann,
Der Säumer mit dem schwerbeladnen Roß,
Der ferne herkommt von der Menschen Ländern,
Denn jede Straße führt ans End' der Welt.
Sie alle ziehen ihres Weges fort
An ihr Geschäft – und meines ist der Mord!
(Setzt sich.)«

Friedrich Schiller, *Wilhelm Tell*, IV, 3.

In Thun

»Manchmal, besonders an schönen Abenden, ist ihm, als sei hier das Ende der Welt. Die Alpen scheinen ihm der unerklimmbare Eingang zu einem hochgelegenen Paradiese zu sein. Er geht auf seiner kleinen Insel, Schritt für Schritt, auf und ab.«

Robert Walser, »Kleist in Thun«,
in: R. W., *Das Gesamtwerk*, Bd. I, S. 176.

In der Bibel

»Heische von mir, so will ich dir die Heiden zum Erbe geben und der Welt Enden zum Eigentum.«

Psalter 2, 8.

Auf Ceylon

»Das schönste ist World's End [in Nuwara Eliya] im Urwald von Pattipola, sogenannt deshalb, weil man hier plötzlich vor einem 1500 m tiefen Abgrund steht, der an Steilheit nicht seinesgleichen auf Erden hat. Vom Rande des furchtbaren Abgrundes eröffnet sich ein überwältigend großartiger Ausblick auf das tief zu Füßen liegende Flachland von Süd Ceylon.«

John Hagenbeck, *Fünfundzwanzig Jahre Ceylon*, S. 85.

Haftender Spitzname

»Der Russe liebt, sich kräftig auszudrücken. Und wenn jemand mit einem solchen Worte als Spitznamen beschenkt wird, dem bleibt's für ihn und seine Erben, er trägt's mit sich herum in den Dienst, nach Petersburg und selbst ans Ende der Welt.«

Nikolai Gogol, *Die toten Seelen*, S. 151 f.

Ende, Michael

»Die Schülertoilette war am anderen Ende. Es war höchste Eisenbahn, und Bastian lief, so schnell er konnte. Er erreichte das rettende Örtchen buchstäblich im letzten Augenblick.«

Michael Ende, *Die unendliche Geschichte*, S. 79.

Irrer Spielmann

»... Du frommes Kindlein im stillen Haus,
Schau nicht so lüstern zum Fenster hinaus!
Frag mich nicht, Kindlein, woher und wohin?
Weiß ich doch selber nicht, wo ich bin!

... Ich möcht in den tiefsten Wald wohl hinein,
Recht aus der Brust den Jammer zu schrein,
Ich möchte reiten ans Ende der Welt,
Wo der Mond und die Sonne hinunterfällt.

Wo schwindelnd beginnt die Ewigkeit,
Wie ein Meer, so erschrecklich still und weit,
Da sinken all Ström und Segel hinein,
Da wird es wohl endlich auch ruhig sein.«

Joseph von Eichendorff, »Der irre Spielmann«, in: *Gedichte*, S. 54/55 bzw. S. 9369.

Guckloch

»Der Besucher der Peep-Show betritt eine Zelle, die er hinter sich verriegelt. Wenn er in einen Schlitz eine Mark steckt, hebt sich eine Blende von einem kleinen Fenster, durch das er eine Minute lang eine völlig entblößte Frau beobachten kann, die zu aufreizender Musik auf einer roten Samtscheibe sich rekelt, dreht, windet und wohltut. ... Die brettdünne Nähe der Körper und ihre brettgetrennte Weltenferne sind deckungsgleich; wir erleben ein Environment sich zerreißender Kontraste.«

Orje (pseud.), »Die Krise der Peep-Show. Die Erneuerung des Theaters«, in: *Frankfurter Allgemeine Zeitung*, 31. Dezember 1979.

Noch ein Blick

»Beim neuerlichen Heben und Stützen rutscht einmal das Betthemd [Bekkers Tochter Grit liegt im Krankenhaus] hoch und bleibt an der dicken Wundverpackung, die auf ihren Rücken gepflastert ist, hängen, und im Versehen erscheint das verschlafene, zerlegene, zu einem Ziegenbart zusammengedrückte Haar zwischen ihren Beinen, jetzt ein Ort, der allein dem Schmerz, der Lähmung, der geschlechtslosen Krankheit zugehört, und für den Bruchteil der Sekunde ist Bekker ein Fetzen jenes frühen, unbändigen Traums, hinter das brettervernagelte Ende der Welt zu blicken, durch den Kopf gezuckt.«

Botho Strauss, *Rumor*, S. 181.

Gute Zäune

Im nahen Südosten Europas gibt es, dem in diesen Gegenden überaus bewanderten Timothy Garton Ash zufolge, ein Weltende, wo, während ich dies schreibe, an Zäunen ein bitterer Mangel herrscht: »Wenn Völker wirklich nicht friedlich miteinander leben können, dann ist es besser, daß sie getrennt leben. Gewiß, es geht immer etwas verloren – kulturell, wirtschaftlich und politisch –, wenn aus einem größeren Staat kleinere werden. Und auch die Menschen zahlen einen Preis. Ich denke an Violeta, eine mutige Journalistin aus Priština, die einer gemischten serbisch-albanischen Ehe entstammt. Was soll sie tun? Sich in zwei Hälften teilen? – Aber vielleicht können gute Zäune am Ende gute Nachbarn machen ...«

Timothy Garton Ash,
»Cry, the Dismembered Country« (Januar 1999).

Hintereingang

»Doch das Paradies ist verriegelt und der Cherub hinter uns; wir müssen die Reise um die Welt machen, und sehen, ob es vielleicht von hinten irgendwo wieder offen ist.«

Heinrich von Kleist, »Über das Marionettentheater«,
in: *Werke*, Bd. 1, S. 328.

Kein Platz

»›Wir alle haben doch schon gehört, wie Leute über Weihnachten stöhnen, daß sie nicht feiern, sondern sich ein kleines Hotel am Ende der Welt suchen wollen, um die ganze Angelegenheit zu ignorieren. Bitte, ich gebe ihnen Gelegenheit dazu. Es muß Tausende solcher Leute geben!‹

›Für die alle hast du aber keinen Platz‹, sagte Mabel.

›Ich werde nur die ersten sechs annehmen‹, sagte Eric mit der ruhigen Würde, die ihm der dritte Whisky verlieh.«

Alice Thomas Ellis,
Das Gasthaus am Ende der Welt, S. 14.

»Ob ich gleich kein Schatz nicht hab,

Will ich schon ein finden,
Geh ichs Gäßlein auf und ab,
Bis zur großen Linden.

Als ich zu der Linden kam,
Saß mein Schatz daneben:
›Grüß dich Gott, herzlieber Schatz!
Wo bist du gewesen?‹

›Schatz, wo ich gewesen bin,
Darf ich dir wohl sagen,
War in fremde Lande hin,
Hab gar viel erfahren.

Sah am Ende von der Welt,
Wie die Bretter paßten,
Noch die alten Monden hell
All in einem Kasten.

Sahn wie schlechte Fischtuch aus,
Sonne kam gegangen,

Tippte nur ein wenig drauf,
Brannt mich wie mit Zangen.

Hätt ich einen Schritt gethan,
Hätt ich nichts mehr funden,
Sage nun mein Liebchen an
Wie du dich befunden.‹

›Ich befand mich in dem Thal,
Saßen da zwey Hasen,
Fraßen ab das grüne Gras
Bis zum dürren Rasen.

In der kalten Wintersnacht,
Ließest du mich sitzen,
Ey mein schwarzbraun Aeugelein,
Must du Wasser schwitzen.

Darum reis' in Sommernacht,
Nur zu aller Welt Ende,
Wer sich gar zu lustig macht,
Nimmt ein schlechtes Ende.‹«

»Das Weltende«. Mündlich,
in: *Des Knaben Wunderhorn*, hrsg. von
Achim von Arnim und Clemens Brentano, Bd. 1, S. 272f.

Wenn dies eine Geschichte wäre …

»Sie wanderten und wanderten, und die Sonne brannte hernieder, aber sie sahen kein Fenster, kein Pförtnerhaus, kein Tor … nur die unbarmherzige Steinmauer.

›Das ist doch lächerlich!‹ sagte Rosie schließlich und setzte sich auf einen Felsbrocken. ›Es *muß* einen Weg hinein geben.‹

›Das ist mir zu hoch!‹ Nicobobinus streckte sich lang auf dem Boden aus.

Rosie stampfte vor Wut mit den Füßen. ›So kann es doch nicht aufhören!‹ sagte sie. ›Nicht nach alldem, was wir durchgemacht haben. … Wir sind doch nicht in einer Geschichte, die einfach damit endet, daß wir an eine Steinmauer kommen, umkehren und wieder nach Hause gehen müssen!‹

›Wenn dies eine Geschichte wäre‹, sagte Nicobobinus etwas verträumt, ›dann würden wir schon irgend hinüberkommen …‹«

Terry Jones, *Nicobobinus*, S. 98.

Dank in Iturbe

»*Gracias a los que llegan a este pueblo.*«

Danke denen, die bis zu diesem Ort gekommen sind.

Ortsschild vor Iturbe am Ende von Paraguay.
Mitgeteilt von Elke Wehr.

Ein Tuch mit Tüpfelchen

»… es dachte sich das Ende der Welt zuerst als eine hohe Mauer, dann als einen tiefen Abgrund, dann als eine schöne grüne Wiese, dann als einen See, dann als ein Tuch mit Tüpfelchen, dann als einen dicken breiten Brei, dann als bloße reine Luft, dann als eine weiße saubere Ebene, dann als Wonnemeer, worin es immerfort schaukeln könne, dann als einen bräunlichen Weg, dann als gar nichts oder als was es leider Gottes selber nicht recht wußte.«

Robert Walser, »Das Ende der Welt«, in:
R. W., *Das Gesamtwerk*, Bd. II, S. 245–248.

Eine völlig unwahrscheinliche Geschichte

Jetzt setz dich doch erst mal wieder! Klar, irgendwo dahinten muß er sein. Weiß doch jeder. Trotzdem, mein Guter, ich sag dir: bleib hier, laß es sein! Selbstverständlich, ich bin ganz deiner Meinung – erst kommt die Gegend, wo der Himmel während zwölf Stunden des Tages an den Schlamm stößt und während der nächsten zwölf ans Wasser. Da vorne fängt sie an. Dann kommt die Gegend, wo der Himmel immer nur ans Wasser stößt. Und ganz zuletzt kommt der Rand, wo dann wirklich Schluß ist. Fragt sich allerdings, wo er genau liegt, und vor allem, ob die Sache den Aufwand lohnt. Du meinst, Entdeckerruhm sei im Grunde nur ein technisches Problem – also, ich weiß nicht. Natürlich mußt du dir überlegen, was für ein Fahrzeug du mitnimmst und wie viele Ruderer. Dein Schiff muß Stürme aushalten, wie es sie auf Unserem Meer gar nicht gibt, und Strecken zurücklegen, wie es sie auf Unserem Meer auch nicht gibt. Und die ungeklärte Sicherheitsfrage in diesen immensen Weiten – also, ich danke. Aber du kannst mir nicht erzählen, daß es bloß darum geht. Entdecker spielen ist ja ganz schön. Doch ob das, was man dann schließlich findet, auch wirklich eine Entdeckung ist, weiß man immer erst hinterher. Das weiß man erst, wenn die anderen es auch wissen. Überleg doch mal! Wenn du, wie du hier neben mir stehst – hol dir doch einen Stuhl, da vorn ist noch einer frei –, also, wenn du armer Wicht da draußen tatsächlich etwas findest, aber mit all deinen Leuten verschüttgehst, bevor du deinen Reisebericht abliefern kannst, dann ist es so, als hättest du gar nichts gefunden.

Ach was! Die Sache mit der Flaschenpost kannst du dir abschminken. Mal angenommen, du schaffst es wirklich, deine Papiere noch rechtzeitig, bevor du abnippelst, in die Flasche zu stopfen, Korken drauf und über Bord ... Die geht doch genauso verloren wie du selbst. Die schnappt sich der nächste größere Fisch und verspeist sie zum Frühstück. Muß ein irres Gefühl sein, die Flasche in der Hand zu wiegen, wenn man schon nicht mehr ganz klar im Kopf ist, und sie dann in die Fluten zu schleudern. Aber so, daß sie nicht gleich vom nächsten Brecher gegen die Bordwand geworfen wird und zerschellt. Und einen Augenblick später siehst du weit draußen den Flaschenhals zum letztenmal, wie er an einer grünen Wasserwand hochwackelt, und denkst: Entweder sie kommt an, oder mit meinem Ruhm ist es Essig.

Na prost, sage ich da. Und bevor du losfährst, bist du sowieso der Depp, preisgegeben der Lächerlichkeit und dem Kopfschütteln der Leute. Du mit deinen tollen Plänen. Warum mußt du auch jedem Heini auf die Nase binden, was du vorhast? Hast du gesehen, wie die dich eben angeglotzt haben? Glaubst du vielleicht, unter diesen Saufbrüdern da hinten findest du welche, die mit dir kommen? Die halten dich für vollkommen verrückt. Für die bist du ein Spinner, ein übergeschnappter Phantast.

Laß es gut sein, mein Lieber! Hock dich endlich her! Den Rand der Welt haben die Götter mit ewiger Finsternis verhüllt. In Schaum, Sturm und Nebel haben sie ihn getaucht und mit Wogen und Strudeln gesäumt. Da ist für unsereiner kein Durchkommen.

Ist doch so! Wahrscheinlich schaffst du es überhaupt nicht bis dahin. Irgendein Walfisch sperrt sein Maul vor euch auf, und du kannst dein Schiff nicht mehr rechtzeitig wenden. Oder eines Nachts windet sich eine Seeschlange an Bord und züngelt euch morgens so freundlich entgegen, daß ihr der Reihe nach rückwärts über Bord geht.

Aber gut. Mal angenommen, bloß mal angenommen, du packst es, du bleibst nicht auf der Strecke, sondern kommst tatsächlich an den Rand. Was dann? Fragt sich, wie es dort aussieht. Wenn's ein Abgrund ist, ist in jedem Fall Schluß. Dann reißt es dich hinunter. Ich weiß ja nicht, wie nah man an die Kante eines Wasserfalls heranfahren kann, ohne in den Sog zu geraten. Aber ich weiß, wenn du, so wie ich dich kenne, aus einer noch halbwegs sicheren Entfernung diese Kante erblickst oder vielleicht auch nur erahnst, denn mit Dunst und schlechter Sicht und Regen oder Schneetreiben mußt du rechnen, dann wirst du dich damit nicht zufriedengeben. Jetzt, wo ich schon mal da bin, wirst du dir sagen, will ich auch sehen, was hier los ist.

Bei einem Fluß könntest du jetzt am Ufer anlegen und dich zu Fuß an die Kante vortasten. Aber hier geht das nicht. Also läßt du dich treiben, auf das Getöse der stürzenden Wassermassen zu. Oder herrscht über dem Abgrund tückische Stille? Bloß so ein Gurgeln und Schmatzen über der Tiefe? Vielleicht dringt der Lärm gar nicht von unten herauf. Den hörst du erst, wenn du ihm entgegenfällst. Aber dann ist auch schon Feierabend.

Ja, schon gut: Es muß nicht unbedingt ein Abgrund sein. Aber wenn es ein Strudel ist, wird es auch nicht lustig. Der saugt dich an – und weg bist du! Und falls am Rand der Welt die Atmosphäre immer dichter und dicker wird, wenn die Luft und das Meer zu Brei werden und schließlich alles klumpt und klebt und gerinnt, dann sitzt ihr irgendwann einfach fest, und zwar für immer.

So, jetzt setz dich aber erst mal hierhin. Ich bin noch lange nicht fertig. Das schönste kommt nämlich noch. Also, du verstehst, worauf ich hinauswill, nicht wahr? Mit ziemlicher Sicherheit schaffst du es nicht bis zum Rand – aus tausend Gründen, von denen jeder einzelne dich am Durchkommen hindert und jeder zweite dich obendrein das Leben kostet. Aber gut. Mal angenommen, du schaffst es doch, gegen alle Wahrscheinlichkeit. Na? Was passiert?

Ich will es dir sagen. Du kommst zwar hin, aber nicht mehr zurück. Den Abgrund gehst du runter, aber rauf kommst du nicht mehr. Oder du zappelst dich im Brei kaputt. Und wenn der Rand – könnte doch sein – eine Steilwand ist, wenn die Welt und das Weltmeer in einem steinernen Trog oder einer gigantischen Schüssel untergebracht sind, dann schleudern dich die Wogen so lange gegen die Klippen, bis dein Schiff Kleinholz ist und du an einer Planke mitten im Gebrodel hängst und nicht mehr weißt, wo hinten und vorn ist. Du klatschst dir noch mal die nassen Haare aus dem Gesicht und versuchst den nächsten Brecher abzuschätzen. Aber daß beim übernächsten Schluß ist, kannst du dir an deinen zehn Fingern ausrechnen, falls du sie noch rechtzeitig alle findest.

Rein theoretisch – ich glaub's ja nicht, aber im Prinzip könnte es auch so sein, daß du vom Rand deshalb nicht zurückkehrst, weil du nicht zurück willst. Vielleicht kann man es dort ja aushalten, und es gibt außer Salzwasser auch was anderes zu trinken und was anderes zu beißen als Steine. Vielleicht haben die Götter am Rand sogar ein lauschiges Plätzchen eingerichtet. Aber gib's doch zu, du könntest es dort nur aushalten, wenn es da auch so etwas wie Frauen gibt, und zwar welche, die keine Fischschwänze haben ... ich sag ja, ich halt's für unwahrscheinlich.

Für deinen Entdeckerruhm ist es jedenfalls völlig gleichgültig, ob du auf dem Hinweg scheiterst oder am Rand oder auf dem Rückweg. Wenn du Ruhm ernten willst, kommt es nämlich auf die anderen an, all die Leute, die nicht mitgekommen sind. Aber diese Gaffer, die haben dich bloß abfahren sehen. Die sagen sich die ganze Zeit nur, daß Dummheit bestraft werden muß. Für die bist und bleibst du der Verrückte, der sich aus purem Übermut ins eigene Verderben gestürzt hat.

Außer wenn du zurückkehrst.

Und jetzt kommt's. Willst du dich nicht doch endlich mal hinsetzen? Na schön, aber paß auf! Jetzt kommt der unwahrscheinlichste Fall von allen. Also angenommen, du hast der Natur unter den Rock gekuckt und den äußersten Rand tatsächlich erreicht. Angenommen, du hast dich nachher sogar aus dem Sog der Neugier und dem Strudel der Anmaßung wieder befreit, bist heimgekehrt und stehst wieder hier – oder sagen wir, da drüben an der Theke. Was dann? Der Wirt gießt dir auf Kosten des Hauses den ersten Schnaps deines neuen Lebens ein. Immer mehr Leute kommen zur Tür herein und wollen dich sehen. Es spricht sich schnell herum, daß du wieder da bist. Der Depp bist du nun offensichtlich nicht mehr.

Die Leute drängeln und staunen dich an. Du nickst dem Wirt zu und konzentrierst dich erst mal auf dein Glas. Du willst es ein bißchen spannend machen. Klar, hast ja auch allen Grund dazu. Du siehst dich nicht um, aber du spürst, wie der Kreis immer größer wird. Du hast noch immer keinen Ton gesagt. Aber in den hinteren Reihen wandern schon die Gerüchte. Da tuscheln sie bereits über deine Abenteuer und was man davon halten soll. Einer sagt halblaut, so daß es alle hören: Quatsch! Und du denkst, er meint das voreilige Geplapper. Das Rumoren hört auch tatsächlich auf. Jetzt mußt du reden. Und du hebst an und willst den Grundstein zu deinem Ruhm legen. Du berichtest von deiner Fahrt und allen Abenteuern, schilderst den Rand so, wie du ihn gefunden hast und wie ihn vor dir noch kein Mensch sah, gibst Auskunft über alle Einzelheiten, antwortest auf Zwischenfragen und zeichnest mit dem Finger Karten in die Luft. Aber je länger du redest, desto deutlicher merkst du, daß kein Funke überspringt. Die Leute hängen nicht an deinen Lippen. Die beobachten bloß, wie dein Mund auf- und zugeht. Du spürst, wie sie abrücken. Da ertönt noch einmal die Stimme von vorhin und ruft: Quatsch! – das ist doch eine völlig unwahrscheinliche Geschichte! Jetzt wird auf einmal beifälliges Gemurmel laut. Mit verkniffenen Gesichtern starren dich diese Bauern an, die sonst auf jeden Quacksalber hereinfallen, und schleudern schimpfend zum Zeichen ihrer Empörung eine oder zwei Handvoll von irgendwas zu Boden. Und du erkennst: Keiner glaubt dir.

Für einen Scharlatan, ein Lügenmaul, einen Betrüger halten sie dich. Und welche Beweise hast du denn auch zu bieten? Dein heruntergekommenes Aussehen beweist gar nichts. So siehst du auch aus, wenn du ein paar Nächte durchgemacht hast. Und was die Leute aus deiner Mannschaft reden, die wenigen, die mit dir zurückgekommen sind, das nimmt denen keiner ab. Ihr habt euch doch verabredet und verschworen und wollt euch nun für den Frust der vergeblichen Fahrerei wenigstens ein bißchen entschädigen, indem ihr mit euren unglaublichen Entdeckertaten dicketut? Und daß dein Bericht deshalb glaubwürdig sein soll, weil er mit Einzelheiten und Genauigkeiten gespickt ist, die kein Mensch alle erfinden kann, auch das kannst du diesen Brüdern nicht verkaufen.

Verstehst du jetzt, was ich meine? Die Reise an den Rand kannst du dir sparen. Ebensogut kannst du die Leute gleich jetzt hier zusammentrommeln und mit deiner Geschichte anfangen. Glauben tun sie dir so und so nicht. Wahr kann nämlich nur sein, was viele wenigstens für wahrscheinlich halten. Der Rest ist Lüge oder Hirngespinst oder – was weiß ich.

Das haut dich um, wie? Hier, nimm noch ein Glas. Na endlich! Im Sitzen redet sich's leichter.

(R. K., 1989)

Hinweise

Seite 17
Alexander Kr. Wilhelmsens Survival-Seite im Internet – http://w1.2225.telia.com/~u222500171/survivalism/howto.htm

Seite 27
Der kürzeste Weg zum Ende der Welt – Büchmann, S. 49.

Seite 28
»Denn die Welt hört gern Lügen …« – J. Olorinus, S. 117.
»Ja wer die besten lügen fiedern kann …« – J. Olorinus, S. 119.

Seite 30
»Eine Brawpfanne gesehen« – J. Olorinus, S. 122.

Seite 34
»Viele Freunde rieten nun dem Alexander …« – Pfister, S. 99.

Seite 35
Alexander in der Taucherglocke – Pfister, S. 100; vgl. Warburg, »Luftschiff und Tauschboot«.
Alexanders Fluggerät – Pfister, S. 104.

Seite 36
Das Volksbuch des Johann Hartlieb – Hartlieb, S. 277 f.

Seite 38
Das Alexanderlied des Pfaffen Lamprecht – Lamprecht, S. 246. »Lange fuhren sie da an der hohen Mauer entlang, ohne irgendwo ein Ende der steinernen Wand zu finden. Doch schließlich kam das Trüppchen an eine Pforte. Lange standen sie davor und riefen, dann fingen sie an, ganz unsinnig daran zu rütteln, zu schlagen und zu stoßen. Die Seelen dort drinnen und die Schar der Engel, die merkten davon überhaupt nichts ... Da kam ein alter Mann zu der Türe, der fragte sie, was sie wollten.«

Seite 42
»Hier ist ... das Ende der Welt« – Tacitus, S. 39.
»Stelle ich den Stern auch noch so weit ...« – Hegel, S. 43.
Linus über das grünste Gras – Schultz, S. 30.

Seite 44
»Vernagelt« – »begriffsstutzig« – Röhrich, Stichwort »Nagel«.
»Der Lattenzaun« – Morgenstern, S. 59.

Seite 45
Münchhausen am Pol – Münchhausen, S. 11.

Seite 46
Michelet über das Unnütze und das Unmögliche – Michelet, S. 303.

Seite 47
Über die Schwierigkeit von Standortbestimmungen in der Polarregion – Salzmann, Bd. 2, S. 63.

Seite 48
Peary behauptet, Cook habe sich in der Arktis nur versteckt – Salzmann, Bd. 2, S. 55.

Seite 49
Cook: »Die Zeichen von Landnähe ...« – zit. n. Mowat, S. 366.
Cook: »Wir verbrachten zwei Tage ...« – zit. n. Mowat, S. 369.

Seite 50
Peary: »Während ich so das Eis ... überschritt ...« – Peary, S. 265 f.
Peary: »Wir pflanzten fünf Flaggen ...« – Peary, S. 265.

Seite 52
Die Definitionen des Bären Pu – Milne, S. 92, 98.
Pu findet eine Stange – Milne, S. 103.

Seite 54
»23 Spezialkorrespondenten« – Peary, S. 300.
Karl Kraus: »Wer hat zuerst den Nordpol ...« – Kraus, S. 8.

Seite 55
Karl Kraus: »Seit Jahrhunderten ...« – Kraus, S. 2 f.
Karl Kraus: der Nordpol »eine Stange« – Kraus, S. 3, 14.

Seite 58
Das »Perspektiv« im Schloßpark von Schwetzingen – Zenkner, S. 37 f.

Seite 59
Die sieben Raben – Grimm, S. 147.

Seite 62
»Wunder des Orients« – Vgl. dazu Wittkower.
Im Elucidarius – Honorius Augustodunensis, 3. Kap. »Vom fall Lucifer vnd der Hellen«.
Alexander am Jungbrunnen – Pfister, S. 102 f.

Seite 64
Adorno in Fischamend – Adorno, S. 166 f.
Lukács und das Grand Hotel Abgrund – Lukács, S. 17.

Seite 67
Andersch über das »Wohnen am Abgrund« – Andersch, »Zu einem Vorwort von Georg Lukács«, S. 183, 184.

Seite 70
Wittgenstein: »We are satisfied …« – Wittgenstein, S. 79.
Melvilles Klage über die runde Welt – Melville, S. 300 f.
Der Geograph bei Arno Schmidt – Schmidt, *Enthymesis*, S. 15.

Seite 71
Andersch und die Unzufriedenheit über die runde Welt – Andersch, *Die Rote*, S. 165.

Seite 72
Palace Pier in Brighton – Vgl. Sattler, Schulz-Dornburg.
World's End Passage – Bebbington, s.v. »World's End Passage«.

Land's End zum Verkauf angeboten – Frankfurter Rundschau, 23. September 1981, S. 1: »Englands Ende wird verkauft«.

Seite 76

»Wunschraum« und »Wunschzeit« – Vgl. Doren.

Seite 77

Lindenbergs »Paranoia-Emigranten« – Lindenberg, »Dr. Kimbel auf der Flucht«.

Neuseeland »Das schönste Ende der Welt« – Anzeige z. B. im *Zeit-Magazin*, Nr. 42, 9. Oktober 1981.

Das stärkste Argument gegen die Rundheit der Erde – Arno Schmidt, *Enthymesis*, S. 15.

Ein anderes Finale – Arno Schmidt, *Schwarze Spiegel*, S. 206, 187, 192, 194.

Seite 79

»Ans Ende der Gleise« – Bradbury, S. 143, 151.

Seite 80

Emil Nolde über das Innere von Neuguinea – Nolde, S. 106.

Seite 82

»Was war dort im Inneren?« – Conrad, *Herz der Finsternis*, S. 102.

»Das Grauen!« – Conrad, *Herz der Finsternis*, S. 178.

Seite 84

Das Wort »Herz« zweiundzwanzigmal – Bender, S. 195 f.

Joseph Conrad: »Dort will ich hin …« – Conrad, *Über mich selbst*, S. 40.

Seite 85

Marlow über den »weißesten Fleck« – Conrad, *Herz der Finsternis*, S. 69.

Seite 86

»eine Region der Novitäten …« – Poe, *Arthur Gordon Pym*, S. 391.

Symmes' Hohlwelttheorie – Bailey, besonders S. 513 f., Anm. 5.

Seite 87

»Ich empfand eine Dumpfheit …« – Poe, *Arthur Gordon Pym*, S. 393.

»in die Umarmungen des Kataraktes« – Poe, *Arthur Gordon Pym*, S. 396.

Wagners Beschreibung des Venusbergs – Wagner, S. 35 (Erster Aufzug, erster Auftritt).

Seite 88

»Die Zeit die ich hier verweil' …« – Wagner, S. 38.

Seite 89

»Entzückend sind die Wunder …« – Wagner, S. 39 f.

»Nie war mein Lieben größer …« – Wagner, S. 40.

Seite 91

»… bleiben Sie bei uns« – J. P. Eckermann, S. 43 (15. September 1823).

Seite 92

»Gut Speisen und Reisen« – Bensberg, S. 12–17.

Seite 96

»*Bringen Sie mich hier weg ...*« – Chandler, S. 108.

»*Marie aber erklärte ...*« – Oppermann, Buch 1, S. 159.

»*Er hätte mich entführen können ...*« – Brentano, S. 273.

»*Service bis ans Ende der Welt*« – Anzeige von Rank Xerox in: *Der Spiegel*, Nr. 41, 35. Jg., 5. Oktober 1981.

Seite 98

»*Vorbei sind die Tage ...*« – Edgar Allan Poe, Rezension des Robinson Crusoe, Januar 1836, *Werke*, Bd. 2, S. 1082.

Seite 101

»*Wer Gott vertraut ...*« – Horst Kunze (Hrsg.), *Dunkel war's, der Mond schien helle*, S. 120.

Weit- und weiterführende Literatur

THEODOR W. ADORNO, »Wien, nach Ostern 1967«, in: T.W.A., *Ohne Leitbild. Parva Aesthetica*, Frankfurt: Suhrkamp 1967, S. 158–167.

ALFRED ANDERSCH, *Die Rote*. Neue Fassung, Zürich: Walter 1972.

DERS., »Zu einem Vorwort von Georg Lukács«, in: *Neue Rundschau*, 75. Jg., 1964, Heft 1, S. 181–184.

ACHIM VON ARNIM UND CLEMENS BRENTANO (Hrsg.), *Des Knaben Wunderhorn*, Stuttgart: Reclam 1987, 3 Bde.

TIMOTHY GARTON ASH, »Cry, the Dismembered Country«, in: *New York Review of Books*, 14. Januar 1999.

J.O. BAILEY, »Sources for Poe's *Arthur Gordon Pym*, *Hans Pfaal*, and Other Pieces«, in: *Publications of the Modern Language Association of America*, Bd. LVII (1942), S. 513–535.

GILLIAN BEBBINGTON, *London Street Names*, London 1972.

TODD K. BENDER, *A Concordance to Conrad's Heart of Darkness*, New York, London: Garland Publishing Inc. 1979.

HELMUT BENSBERG, »Eine Insel am Ende der Welt«, in: *Gut Speisen und Reisen. Das internationale Magazin der Wienerwald-Gruppe für Gastlichkeit und Tourismus*, Februar 1980, S. 12–17.

RAY BRADBURY, *Fahrenheit 451*, Zürich: Diogenes 1981.

BÜCHMANN, GEORG, *Geflügelte Worte*, neu bearb. v. Paul Dorpert unter Mitarbeit von G. Ermatinger, Frankfurt: S. Fischer 1957.

RAYMOND CHANDLER, *Playback*, Zürich: Diogenes 1976.

JOSEPH CONRAD, *Herz der Finsternis* (zus. m. *Jugend* und *Das Ende vom Lied*), Frankfurt: S. Fischer 1968.

DERS., *Über mich selbst. Einige Erinnerungen*, Frankfurt: S. Fischer 1965.

ALFRED DOREN, »Wunschräume und Wunschzeiten«, in: *Vorträge der Bibliothek Warburg 1924–1925*, hrsg. v. Fritz Saxl, Berlin, Leipzig 1927, S. 158–205.

JOSEPH VON EICHENDORFF, *Gedichte*, Ausgabe 1841, Digitale Bibliothek, »Deutsche Literatur von Lessing bis Kafka«, CD-ROM, Berlin: Directmedia 1997.

ALICE THOMAS ELLIS, *Das Gasthaus am Ende der Welt*, Frankfurt: Insel 1993.

MICHAEL ENDE, *Die unendliche Geschichte*, Stuttgart: Thienemanns 1979.

WILLIAM FAULKNER, *Licht im August* (1932), Reinbek: Rowohlt 1972.

NIKOLAI GOGOL, *Die toten Seelen* (1842), Zürich: Diogenes 1977.

JACOB U. WILHELM GRIMM, *Die Märchen der Brüder Grimm*, Berlin: Knaur 1937 ff.

JOHN HAGENBECK, *Fünfundzwanzig Jahre Ceylon*, Dresden 1923.

JOHANN HARTLIEB, *Das buch der geschicht des grossen allexanders*, hrsg. v. Richard Benz (Die deutschen Volksbücher, Bd. 2), Jena 1924.

GEORG WILHELM FRIEDRICH HEGEL, *Enzyklopädie der philosophischen Wissenschaften* (1830), *Werke*, Bd. 9, hrsg. v. Eva Moldenhauer u. Karl Markus Michel, Frankfurt: Suhrkamp 1970.

HEINRICH HEINE, *Reisebilder. Erster Teil. Die Harzreise 1824*, Digitale Bibliothek, »Deutsche Literatur von Lessing bis Kafka«, CD-ROM, Berlin: Directmedia 1997.

RICHARD HENNIG (Hrsg.), *Terrae Incognitae. Eine Zusammenstellung und kritische Bewertung der wichtigsten vorcolumbianischen Entdeckungsreisen an Hand der darüber vorliegenden Originalberichte*, Leiden: E. J. Brill 1944, 4 Bde.

HONORIUS AUGUSTODUNENSIS (Honorius von Autun), *Elucidarius / Von allerhand Geschöpffen Gottes / den Engeln / den Himmeln / Gestirns / Planeten / vnd wie alle Creaturen geschaffen seyn auff Erden. Auch wie die Erd in drey theil getheilt / vnd deren Länder / sampt der Völcker darinn Eigenschafften vnd wunderbarlichen Thieren / Auß Plinio Secundo / Solino / vnd andern Weltbeschreibern / ein kurtze lustige anzeigung*, Franckfurt am Mayn: Weyand Hanen Erben o. J. [1549], nicht paginiert.

TERRY JONES, *Nicobobinus*, Frankfurt: Eichborn 1994.

HEINRICH VON KLEIST, »Über das Marionettentheater«, in: H. v. K., *Werke*, Berlin, Weimar: Aufbau 1965, Bd. 1.

KARL KRAUS, »Die Entdeckung des Nordpols«, in: *Die Fackel*, Nr. 287, 16. 09. 1909.

DERS., *Frühe Schriften 1892–1900*, hrsg. v. Johannes J. Braakenburg, München: Kösel 1979, 2 Bde.

HORST KUNZE (Hrsg.), *Dunkel war's, der Mond schien helle*, München 1964.

DER PFAFFE LAMPRECHT, *Alexanderlied* (Straßburger Fassung, 2. Hälfte des 12. Jhs.), zit. n. *Deutsche Dichtung des Mittelalters*, hrsg. v. Michael Curschmann u. Ingeborg Glier, München: Hanser 1980.

UDO LINDENBERG, »Dr. Kimbel auf der Flucht«, auf der Langspielplatte *Odyssee*, Hamburg 1983.

NICOLAI LJESSKOW, *Am Ende der Welt*, München 1959.

GEORG LUKÁCS, Vorwort von 1962 zu *Die Theorie des Romans*, Neuwied, Berlin: Luchterhand 1963.

Herman Melville, *Moby Dick oder Der Wal*, München: DTV 1979.

Jules Michelet, *La Mer*, Paris: Hachette 1861 (2. Aufl.).

A. A. Milne, *Pu der Bär – Gesamtausgabe*, Berlin: Dressler 1973.

Christian Morgenstern, *Alle Galgenlieder*, Frankfurt: Suhrkamp 1972.

Farley Mowat, *Im Banne der Arktis. Das Ringen um den Pol*, Zürich: Schweizer Verlagshaus 1975.

Freiherr von Münchhausen, *Wunderbare Reisen zu Wasser und Lande, Feldzüge und lustige Abenteuer des Freiherrn von Münchhausen, wie er dieselben bei der Flasche im Zirkel seiner Freunde zu erzählen pflegt.* Aus dem Englischen übersetzt und erweitert von Gottfried August Bürger [1788], Hamburg: Hauswedell 1949.

Emil Nolde, *Welt und Heimat. Die Südseereise, 1913–1918* (geschrieben 1936), Köln: DuMont 1965.

Johannes Olorinus, *Ethographia Mundi, Erster Theil. Das ist: Der jetzigen newen Welt / vnd Weltkinder Lustige / vnd Kurtzweilige / jedoch warhaffte und glaubwürdige Beschreibung. Darinnen der newen Weltkinder verderbte / vnd widersinnische Geberden / Sitten vnd Gebräuch / allerley Handel / vnd Wandel / vnd gantzes Leben / auch Verkehrung vnd verspottung im Glauben / Religion vnd Bekäntnüß / so dann auch verkehrte üppige vnd ärgerliche Kleidung / beschrieben wird. Der Posteritet zum Historischen Zeitspiegel / vnd der newen Welt vnd allen jungen außgeheckten Weltkindern zum gründlichen vnterricht / wie sie sich in die newe Welt schicken sollen / ans Liecht gebracht Durch Johannem Olorinum, Variscum. Gedruckt im Jahr M.DC.LIX* [Erste Ausgabe laut Büchmann: 1609].

ROBERT E. PEARY, *Die Entdeckung des Nordpols*, Tübingen: Erdmann 1981.

FRIEDRICH PFISTER (Hrsg.), *Der Alexanderroman mit einer Auswahl aus den verwandten Texten*, Meisenheim am Glan: Anton Hain 1978 (Beiträge zur klassischen Philologie, Heft 92).

PLATON, *Der Staat*. Übers. Friedrich Schleiermacher. Platon, *Sämtliche Werke*, Bd. 3, Reinbek: Rowohlt, 1958 ff.

EDGAR ALLAN POE, *Umständlicher Bericht des Arthur Gordon Pym von Nantucket*, in: E. A. P., *Werke II*, Olten, Freiburg i. Br.: Walter 1967, S. 112–400.

POMPONIUS MELA, *Kreuzfahrt durch die alte Welt*. (De chorographia libri tres), hrsg. von Kai Brodersen, Darmstadt: Wissenschaftliche Buchgesellschaft 1994.

LUTZ RÖHRICH, *Lexikon der sprichwörtlichen Redensarten*, Freiburg, Basel, Wien 1973.

KARL HEINRICH SALZMANN, *Der Kampf um den Nordpol*, Stuttgart: Franckh'sche Verlagshandlung 1958/1959. Bd. I: Von den Anfängen bis zum Jahre 1882; Bd. 2: Von Nansen bis zu Cook und Peary (1893–1908/09).

KATHARINA SATTLER U. URSULA SCHULZ-DORNBURG, *Palace Pier Brighton (England)*, Köln: DuMont 1976.

FRIEDRICH SCHILLER, *Wilhelm Tell*, in F. Sch., *Werke*, Frankfurt: Insel 1966, Bd. 2.

ARNO SCHMIDT, *Enthymesis oder W.I.E.H.*, in: A.S., *Das erzählerische Werk in 8 Bänden*, Zürich: Haffmans 1985, Bd. 1, S. 7–31.

DERS., *Schwarze Spiegel*, in: A.S., *Das erzählerische Werk in 8 Bänden*, Zürich: Haffmans 1985, Bd. 3, S. 185–244.

CHARLES M. SCHULTZ, *Snoopy schreibt ein Buch*, Götzenhain 1972.

GERHARD E. SOLLBACH (Hrsg.), *St. Brandans wundersame*

Seefahrt. Nach der Heidelberger Handschrift, Frankfurt: Insel 1987.

Botho Strauss, *Rumor*, München: Hanser 1980.

Tacitus, *Germania*, übers. u. hrsg. v. Curt Woyte, Stuttgart: Reclam 1965.

Richard Wagner, *Tannhäuser. Texte, Materialien, Kommentare*, hrsg. v. Attila Csampai u. Dietmar Holland, Reinbek: Rowohlt 1986.

Robert Walser, »Kleist in Thun«, in: R. W., *Das Gesamtwerk*, Bd. I, Frankfurt u. Zürich: Suhrkamp 1978.

ders., »Das Ende der Welt«, in: R. W., *Das Gesamtwerk*, Bd. II, Frankfurt u. Zürich: Suhrkamp 1978.

Aby Warburg, »Luftschiff und Tauchboot in der mittelalterlichen Vorstellungswelt« (1913), in: A. W., *Gesammelte Schriften*, Bd. 1, Nendeln/Liechtenstein: Kraus 1969, S. 241–249.

Ludwig Wittgenstein, *Über Gewißheit*, Frankfurt: Suhrkamp 1970.

Rudolf Wittkower, »Die Wunder des Ostens« (1942), in: R. W., *Allegorie und Wandel der Symbole in Antike und Renaissance*, Köln: DuMont 1983, S. 87–150.

Oswald Zenkner, *Schloßgartenführer Schwetzingen*, Schwetzingen: Schimper Verlag 1979 (21. Aufl.).

Verzeichnis der Abbildungen

Lenkwörter